飾飾如意

上

風文創
1183

觀雁 著

目錄

序文

觀雁

手工網紅，是一份需要技術，卻枯燥的營生。

女主角蘇如意曾以為自己的人生會一直如此，沒想到一段離奇的穿越，讓她遇見一個叫譚淵的男人，徹底改變了她的生活。

手工，不再只是她混口飯吃的工作，更透過這份手藝，讓許多深陷泥潭的古代女性有了謀生的手段。她們不再侷限於相夫教子，不再只是取悅男人，有了自己的價值與尊嚴。

生活在古代，可能處處不如後世舒適自由，但因為有了譚淵，她的人生變得不一樣。

蘇如意明白，在這個女子並無人權的時代，譚淵由著她活出了一片天，這才是最難能可貴的幸福。

第一章

昏暗的院內掛著幾盞不怎麼明亮的燈籠，燈光映照在屋簷下的劣質紅綢上，頗有幾分陰森之感。

蘇如意穿著血紅色的婚服，半死不活地躺在院內。

「怎麼辦？本來想小小教訓一下，誰知道她會受不了？」

蘇如意聽著耳邊的議論聲，閉眼裝死。

她不明白，為何好好地在工作室做手工，睡了一覺，就莫名其妙穿越到這裡？腦中還有十分清晰的原主記憶。

今天本應是原主的新婚夜，她是譚家從人牙子手中買來的媳婦。但原主跟人牙子串通，趁著熱鬧，偷了新郎家的全部積蓄。在逃跑途中被村裡的護衛抓住，打了個半死。

不，應該已經打死了，否則她也不會在這具身體裡了。

「死了？」一個好聽卻有些冷漠的聲音，由遠及近響起。

「剛才探過鼻息，確實沒氣了，我們會湊錢賠償你的。」不論誰家，買一個媳婦都得花費一大筆錢，死了可虧大了。

腳步混雜枴杖的清脆聲漸漸逼近，一個身影緩緩蹲下，冰涼的手指壓在她的脖頸處。

蘇如意頓時僵直了身子。因為不喜歡職場社交，畢業後就閉門在家當起手工網紅，從此越來越宅，與外界的交流，除了拍影片、回評論、叫外賣之外，幾乎為零，更沒有與異性如此接近過。

她死死屏住呼吸，此刻倒希望他們以為她死了。只是，心跳的速度似乎無法瞞天過海。

她的耳邊傳來一聲冷笑。「賠償就不用了，把她抬進屋裡吧。」

「這……她已經死了啊。」

譚淵撐起枴杖。「死了也是譚家的人。」

蘇如意心如死灰地閉上眼，任由別人將她抬走。

看熱鬧的人都走了，耳邊清靜下來。

正當蘇如意不知所措的時候，腰間忽然一鬆，腰帶被抽走，彷彿惡魔般的聲音響起——

「既然買了，總要驗驗貨。」

連死人都不放過嗎？她碰到變態了?!

「腰還算細。」她的腰側被不輕不重地捏了一把。

蘇如意再也忍不住了，忍著疼，立即爬起來縮到床角。

「你、你怎麼這樣？」

面前的譚淵卻絲毫沒被嚇到，冷眼看她。「怎麼不裝了？」

燭光搖曳，他的臉在光影中忽明忽暗，側顏立體分明，身子半靠床沿，旁邊立著枴杖。

「我錯了。」蘇如意悄悄整理衣服，低聲認錯。「我不會再偷錢了。」

雖然不是她所為，但她占用了人家的身體是事實，要推諉也沒人會信，還不如直接認錯，爭取從寬發落。

譚淵挑眉，似乎對她輕易認錯並不買帳。「妳覺得，一個騙子的話有幾分可信？」

「那你要怎麼辦？」

「把買妳花的錢要回來。」譚淵唇角扯出一絲笑，犀利中帶了幾分嘲諷之意。

他本就不願買妻，但他娘一哭二鬧，就差以死相逼，非說別人會在背後指點他是孤寡的命，要他娶妻不可。

這下倒好，孤寡不孤寡的還說不定，賠了錢倒是真的。

蘇如意想都不想便搖頭。「不可能，嚴婆是出了名的慳吝，又壞心腸。想從她兜裡掏錢，難如登天。」

「我偏要呢？」

蘇如意猝不及防地被譚淵拽住袖子，一把拎過來，冰涼的手用力攥住她的下頷。

「答應，還是不答應？」

「我……」蘇如意說不出話，只能點點頭。

譚淵這才放開她。「還能走路吧？唯有妳，才能釣出她。」

「我需要休息一晚。」

譚淵嫌棄地看了眼已經被她弄得髒亂的床。「我睡坐榻。」

儘管很累、很疼，蘇如意也沒辦法如此入睡，撐著起身，打了盆水，在老舊的屏風後脫下衣服，將身上的血污擦乾淨。

流血的傷口只有兩、三處，並不嚴重，已經止了血。但身上處處青紫，大概是不小心被打到了致命處，原主才沒命的。

「那個……」蘇如意的腦袋從屏風後探出來。「還有其他衣服嗎？」她是被賣掉的，婚服還是譚家準備，沒有多的衣裳。

啪！一套粗布白色中衣被扔到她頭上。

蘇如意擦乾身子，換了衣服，總算清爽一點了。雖然身上還疼，但不乾淨比疼痛還讓她難受。

她將沾了血的床套和婚服泡進盆裡，再鋪好新被子，鑽進被窩，但突然的變故和陌生的環境，讓她這個有社交恐懼症的人根本無法閉眼。
更何況，同一間屋子裡，還有一個男人……
蘇如意翻來覆去。
「妳若是睡不著，不如我們來做正事？」
蘇如意動作一僵。「什麼正事？」
「洞房花燭夜該做的事。」聲音還是一如既往地清冷，但氣人。
蘇如意不敢動了，心想要不要趁這個機會離開譚家好了，這個男人總讓她有種莫名的危機感。
可腦海中的記憶告訴她，如果回到嚴婆那裡，處境只會更差，會不停地被賣、被利用，坑蒙拐騙。
到底身體支撐不住，蘇如意想著想著，還是迷迷糊糊睡了過去。
一睜眼，已經快中午了。
「二嫂，妳醒了？」一個稚嫩的聲音問道。
「嗯？」蘇如意扭頭，發現一個清秀瘦弱，大約十三、四歲的小丫頭正怯怯看著她。
「妳是？」譚淵不在房裡，面對小孩子，蘇如意總算放鬆了些。

「我是譚星，二哥讓我照顧妳，說晚上還有事要二嫂辦。」什麼照顧？分明是監視吧。

譚星拿出一套淺藍色碎花長裙。「我已經洗了衣服，二嫂先穿這個吧。」

蘇如意伸展了下身子，仍有些隱隱作痛，不過已經可以活動自如了。

她換上衣裙，就著水盆照了照。雖說嚴婆不是好人，但她不會讓手裡的姑娘餓著，若面黃肌瘦，就不好賣錢了。

原主是典型的鵝蛋臉，一頭墨色長髮，模樣不說傾國傾城，卻也明豔奪目。因為從不幹粗活，一身白嫩水潤的皮膚顯得極為耀眼。

譚星羨慕得不得了。「二嫂，妳好漂亮。」她才十三歲，臉上卻黃黃黑黑的。

「謝謝。」蘇如意很少被人誇漂亮，以前拍視頻只露雙手，不知道該如何回應。瞥見譚星手裡搗鼓的東西，問道：「妳在做什麼？」

「紙傘呀，做好要交給村裡賣掉的。每天幹活，才能分到吃的。」

看著她生澀的手法，蘇如意有些技癢。「要不要幫忙？」

「二嫂會做嗎？」

蘇如意從她手中接過傘骨。「我來試試，做出來的可能跟你們的不太一樣。」

據她腦中對這個時代的了解，這裡比影視中看到的古代更落後一些。每個村落都是集中勞作，自己做的東西和種的糧食都要交給村裡，然後視勞動量分配。

「二嫂？」見蘇如意將她好不容易做了一半的傘骨全拆了，譚星有些心疼。

「製傘最重要的，就是傘骨的牢固和靈活。你們這樣做出來的，能用多久？」傘面用的紙也很粗糙，即便做成，怕也用不了多少次。

「只能用一個夏天，所以最多賣十幾文。除了姑娘們，很多人不願意花錢買，還不如戴頂斗笠方便。」

「那就是了，傘骨不牢固，膠還劣質，自然用不久。而且，你們沒有顏料嗎？」紙已經有些發黃，做出來的傘多醜啊。

譚星搖頭。「顏料太貴了，比傘還貴呢。」

蘇如意一邊熟練地用小刀刻著傘骨、一邊惋惜。前世，她需要的工具應有盡有，過於方便，現在可是由奢入儉難了。

人生突然跌落低谷，就不能給她一些些便利嗎？

她剛閃過這個念頭，腦中忽然一白，眼前竟浮現出每天相伴的熟悉場景，手中的動作頓住，驚愕地睜大眼睛。

這是……她的工作室?!

「二嫂，妳怎麼了？」譚星見她神色不對，擔心道。

蘇如意回過神。「譚星，妳能幫我煮碗粥嗎？」

譚星一拍腦袋。「哎呀，我都忘了，二嫂肯定餓了。我這就去。」

等屋裡沒人了，蘇如意放下竹片，愣愣盯著虛浮卻又真實的工作室好半天，才試探地伸出手。

唴嚓！實實在在的觸感騙不了人，打量拿到手中的工具箱，蘇如意差點熱淚盈眶，這個箱子竟然真的跟著她來了。

工具箱到手後，眼前的工作室消失，她忙打開足足三層的箱子，裡面的零件、工具應有盡有，這可是她賴以生存的寶貝。

「天不亡我啊～～」

蘇如意放下被用鈍的刀片，從工具箱拿出工具刀，完成了手上的傘骨。

譚星端著一碗玉米粥進來時，瞪大了眼睛，發現需要費半天工夫才能刻好的傘骨，已然擺在桌子上。

「做好了？」她驚愕地拿起結實又精緻的傘骨，嘴都合不攏。「二嫂，這是妳做的？」

「嗯。」蘇如意把裝有植物膠的碗和刷子遞給譚星。「將這些紙刷上膠，鋪在傘骨上。這個妳會吧？」

「這是膠？從哪裡來的？」譚星一邊驚奇、一邊接過來，饒有興趣地開始黏傘面。

「我的……嫁妝。」蘇如意訕訕一笑，編了個理由，端起碗喝粥。

等譚星將所有傘面黏好後，蘇如意剛好吃完。「拿出去曬吧，乾了後給我。」

譚星離開後，蘇如意迫不及待地研究起自己的工具箱。這木箱也是她親手做的，雖然不大，但做手工需要的東西都有。有這些傍身，她待在陌生的地方也會安心些。

可是，若東西用完了該怎麼辦？

她一看，驚訝地發現，剛才用完的膠水，竟又完好地出現了，難道這就像是小說中所謂的空間？

她起身走出房間，這院子是很大的四合院，一共八間房，全是夯土房，十分簡陋。

「家裡沒別人了嗎？」原主是嫁人當天才進門的，對譚家人並不熟悉。

譚星正在院子裡，將晾乾的衣裳收起來。「二嫂沒參加過村落的勞作嗎？今天是大家一起去集市賣貨物的日子，要晚上才回來。」

「這麼說，現在只有我們兩個人？」蘇如意左右看了看，譚星只是個小孩子，若想離開，現在應該是最好的時機。

「嗯。二嫂的傷還沒好，先休息吧，中午我做飯。」譚星毫無心機地讓蘇如意獨處了。

蘇如意忙回屋收拾行李，其實她也沒什麼東西，除了譚家準備的兩套衣服，就是她的工具箱了。

她剛打開櫃子，衣服上靜靜躺著一張字條。

賣身契在我手裡，村中護衛也會多多關照妳的。

蘇如意無語。

她匆匆打開院門一看，果然有個拿著長棍的男子守在門口。

「妳要出門？」

「沒有。」蘇如意纖手捂住嘴，飛快關門，縮了回去。這個卑鄙的男人！

守門的六子盯著門板看了一會兒，昨晚天色太黑，沒看清楚，二哥竟買到一個這麼可人的媳婦兒？

蘇如意徹底死了心，中午湊合吃了一個窩頭跟一碗拌菜，開始在曬乾的傘面上塗顏料。

身為一個小有名氣的手工網紅，畫功也是少不了的。

她先在有些發黃的紙面上塗了一層淡粉顏料，頂端和末端一圈染上淡藍色。中間的傘面畫兩條鮮紅的金魚，周圍有荷葉圍繞，淡雅又有意境。

染料乾得很快，最後將桐油塗滿傘面，徹底晾乾後，一把油紙傘就算完工了。

譚星看得雙眼發亮。「好漂亮啊，這是我見過最漂亮的傘！二嫂，妳好厲害，還有這顏料，也是我見過最好看的。」

蘇如意抿唇笑了笑。「妳喜歡，就留著用吧。」

「啊？不行，得拿去賣的。這把傘漂亮，還結實，最少能賣二、三十文呢。」

這麼小的孩子卻如此懂事，簡直與她那個惡魔的二哥天差地別。

「沒關係，以後可以再做。」

「我真能收下嗎？」譚星的眼睛亮晶晶，若夏天撐著這把傘，全村的姑娘們肯定都要羡慕她。

「嗯，就當是我送妳的。」

「謝謝二嫂！」譚星一把握住蘇如意的手。「我喜歡二嫂！」

蘇如意僵了一下，被親近的感覺好像也不差。

「星星，開門。」屋外忽然傳來叫門聲。

「是娘回來了。」譚星跳起來，出去應門。

蘇如意心中一緊，脫了鞋，就往被子裡鑽。

「娘，你們回來啦！」譚星一開門，便迫不及待地炫耀起手上的新傘。「快看，這是二嫂做給我的，是不是很漂亮？」

周氏驚訝地接過，粗糙的手輕撫整齊又漂亮的傘骨。「妳說什麼？那個女騙子做的？」

「娘，您不要這樣喊，二嫂很好的。」

譚淵眼中閃過一絲意外。「她人呢？」

被子裡鼓鼓的一團，隨著開門聲，肉眼可見地抖動一下，還發出一絲細微的聲音，活像受驚的兔子。

譚淵用枴杖敲了敲地面。「每次見到我都裝死，就妳這膽子，還敢勾結人牙子偷錢？」

蘇如意悶悶道：「我說不是我幹的，你也不會信。」

「妳好像把我當蠢蛋了？」譚淵不耐地抓住蘇如意揪著被子的手，把人提出來。

蘇如意的長袖滑落，露出一截雪白的皓腕。

譚淵頓了一下，目光移到她的臉上。

蘇如意青絲略亂，一張漂亮的白皙臉蛋沒有絲毫瑕疵，兩頰的紅暈格外顯眼，清澈見底的眼神帶著微微的驚慌。

「演得還真好。」譚淵別過眼，鬆開她。「起來，去見嚴婆。」

「現在？」蘇如意深吸口氣，讓緊張的心跳慢下來。

直到此時，她才看清名義上夫君的面孔。一雙鳳眸最為引人注意，如一灘深不見底的湖水，薄唇嚴肅地緊抿。就算心裡不喜，她也不得不默默讚一句美男子。

譚淵一掀衣袍，在凳子上坐下。青色長袍十分樸素，但身姿挺拔清瘦，硬是襯出了幾分脫塵之感，與周圍的環境格格不入。

「你們約在哪裡會合？」

蘇如意揉著發紅的手腕。「村外有座破廟，嚴婆會在那裡等三天，讓我找機會拿錢逃走，再去找她。」

譚淵沈下臉色。「若是偷不到呢？」

「偷不到就自己逃，畢竟賣身錢已經到手，只要人還在，就可以賣到下一家。」蘇如意說完，默默皺眉。實在太缺德了，難怪人家對她沒好臉色。

譚淵瞄她一眼。「妳倒是誠實。」

蘇如意看向他的枴杖，不知道他的腿有什麼問題。「你就這樣走去，沒問題嗎？」

「妳做好自己的事便行。」

蘇如意語塞，默默跟著他出門了。

第二章

譚淵怕嚴婆會派人來查探，所以他們分開行動。

蘇如意拿著一個小包袱，往村外走去。

譚淵還真放心，不怕她到時跟嚴婆合謀坑了他？嚴婆敢幹這種勾當，自是有手段，他只帶幾個護衛，真的有用嗎？

蘇如意斜眼往後瞥去，沒看見有人跟著。

若能選擇，她寧願待在譚家遭人白眼，再找機會脫身，可不想跟著嚴婆去坑蒙拐騙。

破廟離村子不遠，出了村，走一刻鐘就到了。

蘇如意還沒走到廟門口，便有一名男子迎上前。「妳總算來了，嚴婆差點要派人去村裡找妳了。」

「如意回來了？」一個五十多歲、頭插紅花的婆子走出來，一臉笑意地摸了摸她的臉。

蘇如意不由後退一步，全身不可抑制地起了一層雞皮疙瘩。「嚴、嚴婆。」

「我還怕妳是頭一次，不太順利呢。東西到手了嗎？」

「嗯。」蘇如意將小包袱遞給她。「他們家很窮，只有這些。」

嚴婆打開包袱，看了一眼，神情有些失望。「那也沒辦法。走吧，收拾收拾，我們離開青陽縣。」

嚴婆這夥人是流竄做案，否則幹不了幾次，當地買家就會報官了。

蘇如意本以為，見到嚴婆後，譚淵會出來阻攔。但奇怪的是，一路非常順利，沒見到任何人，就這麼回到縣裡臨時租的房子，平靜得讓蘇如意有些不安。

院子裡，除了看管姑娘們的兩個打手，還有四、五個姑娘。好幾個已經是老手，只有一個跟她一起被買來的姑娘與她親近些。

見到蘇如意回來，那姑娘激動地撲過去。

「如意，妳沒事嗎？我怕妳回不來了。」

蘇如意訕笑一聲，拉開那個姑娘。「怎麼會呢？」話雖這麼說，她卻暗暗冒汗。譚淵不會見到有個壯漢就不敢跟來了吧？她的工具箱還在譚家呢。

吱呀！院門忽然被打開了。

蘇如意鬆了口氣，譚淵拄著枴杖，筆直地立在門口，嘴角帶著淡淡的戲謔。

「原來在這裡。」

嚴婆臉色一變。「是你？你是跟蹤如意來的？」

譚淵微微頷首。「沒錯。」

嚴婆回頭瞪蘇如意一眼。「不是叮囑妳千萬小心嗎？」又看譚淵。「無妨，一個瘸子能做什麼？」

兩個男人摩拳擦掌地走上前。「真不識趣。本來只是圖你一點錢，搭上命多蠢啊。」

譚淵搖頭，嘆口氣。「抱歉，讓你失望了。」

「別動！」兩邊瞬間衝出十餘名捕快，拿著長劍，將這群人圍起來。

嚴婆的臉色終於變了。「你報了官?!」

「不然呢？如妳的願，自己來送死嗎？」譚淵冷笑一聲。「全抓起來，早聽說過妳這個人牙子了，居然跑到我們青陽縣來行騙。」

蘇如意轉頭看向譚淵，如果他跟在她後面，一路來到此處，不可能有工夫去報官，還這麼快包圍院子。

「捕快大哥。」譚淵笑著指蘇如意。「她是我花錢買來的媳婦，應該可以帶回去吧？」

「當然了，你可是大功臣。算清楚被騙的錢後，會派人送去給你的。」

蘇如意眼神複雜地看著一夥人被帶走，猶豫再三，喊住一名捕快。

「這位大人，那些姑娘都是被迫的。穿紅衣服的丫頭，一次都沒偷過。」

譚淵側目看她。「這些官府自會調查。」

蘇如意點頭。「那就好。」

村裡的驢車停在胡同口，趕車的正是那天守在門口的六子。

「二哥，解決完了嗎？」

「嗯。」譚淵頷首。「走吧，回村。」

蘇如意抓著車欄。「譚淵，你是不是早就知道他們的據點？」

譚淵背對著她，淡淡道：「據點不清楚，倒是知道破廟的位置。」

「那你可以直接報官抓他們，為什麼還要我帶路？」

「我不過是偶然發現罷了。村子附近能藏身的地方不多，我趕集路過，多看了一眼，順便叫人去縣裡報了官。」

他的話還沒說完，六子已經興奮接話。「是我去報官的。有捕快在破廟附近盯著，只要譚二嫂一現身，他們肯定會返回縣裡，到時候捕快們就能一網打盡。」

蘇如意沈默半晌。「就算我不出現，只要監視嚴婆，遲早都會知道。」抿唇看向譚淵。「你在試探我。」試探她會不會老實帶路，是不是會反過來聯合嚴婆對付他。

「妳不是說要將功補過？」譚淵頭也沒回。「若覺得不妥，我可以送妳回官府。」

蘇如意在背後狠狠瞪他一眼。她這算是剛出狼窩，又入虎口嗎？

一路上，六子的話不斷，蘇如意才知道，之前譚淵也擔任過村中護衛，但在野獸襲擊村子的時候，被傷了腿。

蘇如意不敢想，這是多落後的時代，還有野獸會襲村。

她猶豫了下，輕聲問：「那你們為什麼不搬離這裡？」

忽然被漂亮的姑娘搭話，六子稚嫩的臉驀地泛紅。「因為我們村裡全靠這座大山生活，摘菜、採藥、打獵等等，還有做農具賣錢用的竹子和柳條。」

蘇如意點點頭，一路上沒再說話。

回去的時候，晚飯已經做好了。

「二哥，二嫂，你們回來了。」譚星湊過來，低聲道：「我幫二嫂留了好東西。」

蘇如意疑惑地看她，感覺手裡被塞了一個圓鼓鼓、熱呼呼的東西，像是吃食。

「二嫂，妳先回屋洗手，趕緊來吃飯。」

蘇如意回屋一看，譚星給的竟然是顆雞蛋。就算是吃得不錯的原主，也不過四、五天才能分到一顆，心裡有絲暖流滑過。

譚星那麼瘦弱，還能想著她。

她沒有吃，藏在被褥裡，洗了洗手，去了廚房。

出來後，這是她正兒八經頭一次見到譚家的所有人。

譚星看出她有些認生，主動介紹道：「二嫂，這是娘、大哥、大嫂。這個是大哥的兒子小石頭。」

周氏瞥她一下，繼續低頭餵小石頭吃飯。老大譚威一時看直了眼，腰間被齊芳狠狠擰了一把。

「老二，你不是說要送她去官府嗎？把這個小偷留在家裡，誰能放心？」齊芳毫不掩飾自己的不滿。

「啊？」譚星一把挽住蘇如意的胳膊。「為什麼要送二嫂去官府？」

譚淵洗完手回來。「她也是被人牙子逼的。帶回來，讓她戴罪立功。」

「戴罪立功？她能立什麼功？怕是隻養不熟的白眼狼吧？」

譚淵掃院子一眼。「她能做出那把傘。大嫂有這手藝？」

齊芳語塞，轉向周氏。「娘，您不管管嗎？」

周氏抬起頭，對蘇如意道：「老二娶個媳婦不容易，既然他要留下妳，有些事先說好。在這個家，幹活才能有飯吃，而且錢和糧食都是我管著。若妳的手還敢不乾不淨，依咱們村裡的規矩，會抓來打斷腿的。」

蘇如意默默點頭。「我知道了。」她本就不是閒得住的人，而且不管什麼時候離開，都不可能偷東西。

了。

飯菜十分簡單，窩窩頭配野菜炒油渣，一人一碗玉米粥，難怪雞蛋對他們來說是好吃食

蘇如意艱難地吃完，很識相地跟譚星一起洗碗。

譚星將她洗的盤子擦乾淨，小心翼翼地問：「二嫂，妳不會走吧？」

蘇如意扭頭看她。「去哪兒？」

「大嫂說妳以後還會跑的，讓我多看著妳。妳能不能不走啊？」齊芳心裡只有錢跟兒子，對譚星冷冷淡淡，姑嫂倆並不親近。

蘇如意一時不知該如何回應，面對這麼單純的孩子，實在張不了嘴騙人。

可是，她真要留在這裡一輩子嗎？

「萬一是妳二哥不想要我了呢？」蘇如意眨眨眼，輕拍譚星的腦袋一下。「以後的事，以後再說，早點睡。」

蘇如意回屋時，發現譚淵已經睡著了，仍舊是睡在坐榻上，不由鬆了口氣，小心漱洗後，準備歇下。

她正要吹燈，坐榻上的譚淵忽然翻了個身。因為太熱，一腳踢開了薄被。

這是她第一次瞧見他脫下長袍的樣子。穿著睡褲的他，左腿膝蓋以下……空空如也。

她愣愣看了半天，是野獸咬掉的嗎？竟然如此嚴重。

第二天，天剛矇矇亮，譚星就蹦蹦跳跳來找蘇如意。

「二嫂，妳快看，傘乾了，好漂亮啊！」

蘇如意趴在枕頭上，往窗外瞧了一眼。雖然比不得她以前做的精緻，也算看得過去了。

「嗯，不錯。妳起得這麼早啊？」

「我和大嫂輪流做飯，今天換我了。」

譚星欣賞完自己的傘，道：「我去做早飯了。二嫂也起床吧，今天要帶妳去村長那裡登記，以後跟我們一起去做工賺錢。」

蘇如意朝坐榻看去，譚淵早就離開了。

她放心地起來，換了衣服漱洗，梳了雲頂髮髻。身為手工網紅，什麼都要涉獵一點，梳個髮髻並不難。

她推開門，深吸口氣，心裡跟過去做個了結。從今天開始，就要為以後打算，首先當然是賺錢。

蘇如意伸了個懶腰，對面院子的門開了，齊芳端著水盆，上上下下打量她一眼。

「明天妳做飯。不管妳以前養得多細皮嫩肉，不幹活就別吃飯。」

蘇如意抿唇，點了點頭。「知道了。」

原主的所作所為，難免讓人對她有些敵意。蘇如意看著冒煙的屋子，進去幫著一起張羅。她會做飯，但不會用這種灶，得先學學。

吃過早飯，周氏和齊芳先一步去了村裡的大院兒，蘇如意陪著譚星收拾完才去。

「星星，天氣好得很，妳拿傘做什麼？」蘇如意疑惑。譚星不但拿著傘，還正兒八經地撐起來。

譚星的表情美滋滋的。「擋太陽啊。」

蘇如意抬頭看了天空一眼。天高氣爽，哪有什麼大太陽？

到了大院兒，她才明白，原來這丫頭是來炫耀的。

「這是我二嫂做的，漂亮吧？開跟收都順多了。」譚淵把蘇如意晾在一旁，面帶驕傲地向一群婦人、姑娘們展示著手上的傘。

「真好看，這魚畫得跟真的一樣。這麼好的顏料是哪兒來的？塗的油也亮晶晶的。」

「哎，別碰別碰，我就這麼一把，別弄髒了。」譚星趕緊收起來。「好了，我要帶我二嫂去登記了。」

眾人這才看到門口的蘇如意。「這就是譚淵的媳婦兒？長得真俊。」

一個穿著紅色布裙的姑娘走上前，上下打量她一番。「譚二哥的媳婦兒才成親一天，今天就來做工，身子吃得消嗎？」

譚星還小不懂，但婦人們都意味不明地笑了笑。

按規矩，新嫁到村裡的小婦人，頭三天是不必來的。一來是新婚燕爾，二來大姑娘變成了小婦人，身子難免不爽利兩天。

婚禮那天的事，早在村裡傳開了。大家見蘇如意第二天就上工，仔細一想便知道，肯定不討婆家喜歡，說不定連房都沒圓呢。

蘇如意不懂村裡的規矩，但問她身體，明顯在調侃圓房的事吧？

想起新婚夜譚淵對她的戲弄，蘇如意低頭往裡走，有些不滿地小聲道：「反正又不是我的問題。」

聲音不大，但也足夠讓幾個婦人聽見了。大家面面相覷，想到譚淵的狀況。

譚星帶蘇如意進去找村長，有個婦人一拍大腿道：「那回，譚家二小子果然不只傷到了腿吧？」

穿紅裙的姑娘名叫岳瑩，皺了眉。「不可能，也沒聽我爹說別的地方受傷啊。」她爹正是村裡的郎中岳郎中。

「要真沒事，又沒趕人，能放著這麼嬌滴滴的小新娘不碰？」幾個婦人搖搖頭，三三兩兩進去幹活了。

譚星帶著蘇如意走到門口，有個年輕人掀簾子出來，是村長的兒子周成。

「周大哥，周叔在嗎？」譚星問。

「我爹在裡面算帳呢，有事嗎？」

「帶我二嫂去登記，她今天來做工了。」譚星衝周成笑了笑，拉著蘇如意進去。

蘇如意半低著頭，與他擦肩而過。

周成沒看清蘇如意的相貌，但她婀娜的體態、鬈翹的睫毛與嫩豆腐般的肌膚，讓人無法忽視。

這就是譚淵買的媳婦兒？他愣愣盯著門好一會兒，才猛的晃了晃腦袋。

屋裡，譚星向村長周志坤介紹。「周叔，這是我二嫂，她叫蘇如意。」

繞山村總共就幾十戶人家，人不算多，周志坤自然也聽說過婚禮那天的事。既然譚家留下了蘇如意，他不會多管什麼，只是忍不住多打量兩眼，見蘇如意還衝他禮貌地笑了笑，看起來挺老實的。

登記後，譚星帶蘇如意往後院走。做工的材料都是周家父子去買的，會做什麼就領什麼材料。領的時候要登記，做完送過來的成品也要登記，以免有人昧了村裡的東西，然後就能領錢了。

做手工時，在院裡一起做也行，拿回家做也行。做多久沒人管，做得少，錢就拿得少。

因為答應教譚星做傘，蘇如意便只拿了做傘的材料。其餘還有能做編筐、斗笠之類的竹子，她掃了眼，這些做起來都沒什麼難度。對村裡的婦人們來說，她們的手藝還沒到做工藝品的水準。

蘇如意跟村裡的人不熟，不想湊在一起，以免又被議論。

經過這兩日相處，譚星也看出她不喜言談，還認生，便道：「咱們回家做吧，正好今天我做飯，懶得來回跑了。」

蘇如意點頭，跟譚星回去。

兩人剛走到大院兒門口，遇上譚淵與三、四個男人一起進來。他雖拄著枴杖，卻一派從容地跟其他人說話。

盧祥第一個瞧見蘇如意，手肘不輕不重地撞譚淵一下。「哎，你的小娘子來了。」

譚淵這才朝她看去，她抱著一捆竹條，因為吃力，臉色微微泛紅。

兩人的目光撞了個正著，蘇如意想躲開，不知道該怎麼跟譚淵打招呼。但看在其他人眼裡，就是嬌羞的模樣。

「二哥，我跟二嫂回家做工。」

「嗯。」譚淵應了聲。

一群男人瞧著她們出了院子，才來了精神。

「這真是十兩買的？老張那媳婦兒也十兩，跟你家這個可差遠了啊。」

譚淵瞥說話的人一眼。相看的時候，只有他娘去了，回來就說這個絕對不虧，是她見過皮相最好的，還識得幾個字。

他也疑惑太便宜，後來才知道，人家早就打算空手套白狼，當然不怕錢少。

「聽說她手腳不乾淨。」另一個男人調侃道：「要不這樣，我出十兩從你手裡買，我不嫌棄。」

譚淵眼神暗了暗。「朋友妻，不可欺。」說完便自顧自地去村長屋裡。

「開玩笑嘛。」那人訕訕笑了笑，又意猶未盡地朝門口瞅了一眼。

繞山村裡，不管婦人還是姑娘們，都要拋頭露面，幹活掙錢，皮膚根本沒有這麼白嫩不說，還一個比一個豪放大膽，哪裡見過這麼嬌滴滴，像花兒一樣的女人？

第三章

蘇如意全然不知別人的心思，手工是她的愛好，一忙起來，心裡什麼事都沒了。

譚星一邊看、一邊學著編。但她的手沒那麼巧，明明步驟是一樣的，她編出來，卻沒有蘇如意編的順滑平整。

蘇如意將自己編好的放在一邊，接過她的傘骨，邊糾正邊講解，一上午就不知不覺地過去了。

譚星去做飯，蘇如意打開顏料，替兩把糊好的傘染色作畫。

只是，她剛畫了一半，就感覺下腹墜墜似的難受，說疼吧又不疼，便沒多在意。

畫完兩把傘，飯也做好了。

譚威從地裡回來，就看見掛在院子裡的傘。

左邊的傘畫的是山林日落，景致極美。右邊的傘是一株桂花樹，一個穿著淺杏色長裙的姑娘站在旁邊，身上的衣服似乎與常見的不太一樣，還只畫了側臉，正在抬頭賞花，模樣恬靜柔美。

看著看著，他就想到了蘇如意，越看越覺得像。

「大哥回來了？」蘇如意疾步出來，看到譚威後便停住腳，有些急紅了臉，別提多嬌羞可人了。

譚威愣住，點點頭，就見她飛快去了廚房。

誰能想到他二弟竟有這麼好的福氣，可惜蘇如意已經是他的弟妹，不由遺憾地嘆口氣。

「二嫂，怎麼了？」譚星見蘇如意急匆匆進來，還關了門。

蘇如意抿抿唇。「我的月事來了。妳有月事布嗎？」

譚星忙放下鍋鏟。「有，我有好幾條新的呢。」趕緊回房去拿。

蘇如意拿了月事布，趕緊回房間墊上，稍稍放心，卻感覺肚子越來越不舒服，乾脆爬上床，捂著被子躺下。

前世她沒體會過痛經的滋味，孰料這具身體有些體寒，才一會兒工夫，不但手腳發涼，肚子也越來越疼。

沒過多久，其他人陸續回來了，譚星將飯菜端上桌後，對來洗手的譚淵道：「二哥，你把這碗粥端給二嫂吃。」

齊芳輕嗤一聲。「這麼嬌貴，還得幫她端進屋裡單獨吃？」

譚星嘟了嘟嘴。「二嫂身子不舒服。」

譚淵這才接過熱粥回屋，一掀簾子就見蘇如意整個人縮在被子裡，長髮散落枕畔。
他把粥碗放下。「吃飯吧。」
蘇如意轉過頭，露出一張慘白又楚楚可憐的臉。
譚淵本以為她只是有些不舒服，畢竟之前還受了傷，沒想到這麼嚴重。
他眉心一擰，低聲問：「妳怎麼了？」
「我肚子疼。」蘇如意看著他。「我不想吃飯。」
譚淵沒見過肚子疼成這樣的，但他不是毛頭小子了，稍微一想便反應過來。
「月事來了？」
蘇如意咬唇，點點頭。「我想躺一會兒，你別理我了。」
譚淵沒多說什麼，先出去吃午飯，然後去了譚星房裡，卻一時不知道怎麼開口。
譚星見他一本正經地坐著，平時譚淵不來她屋裡的，不由納悶道：「二哥，怎麼了？」
譚淵的目光掃過她的肚子，還是沒能開得了口。「沒什麼。」拿起枴杖又走了。
譚淵剛回到外間，就聽見臥房裡傳來壓抑的哼唧聲。
蘇如意強迫自己睡一會兒，睡著就不會這麼難受了。可她睡得不安穩，好似沈溺在冰涼的湖水中拚命掙扎，怎麼也上不了岸。

忽然間，有隻大手扣住她的肩膀，她猛的睜開眼，如同抓住救命稻草一般，死死握緊來人的手。

「妳就只是肚子疼？」譚淵看著她的手，她整個人彷彿從水裡撈出來般，髮絲因汗濕貼在臉頰，額頭冒著細細的汗珠，臉上更是毫無血色。

蘇如意本不想矯情，但她真沒想到，痛經會如此痛苦。

「好疼啊……」她忘了放開譚淵的手，只覺得他乾燥的手心十分溫暖。

譚淵自然也能感覺到她冰冷的手溫，見她杏眼淚汪汪的，輕嘆口氣，拉開她的手。

「我去拿藥。」說完，他又去了譚星的房間。

譚星正在睡午覺，聽見敲門聲，又爬起來。「二哥？」

「妳這裡有藥嗎？」譚淵雖然不知道妹妹的月事是什麼時候，但記憶中，沒見她疼成這樣過。

「什麼藥？」譚星一臉莫名其妙。

譚淵頓了頓。「妳來月事的時候，肚子不疼嗎？不用吃藥？」

譚星明白了。「二哥，你是為了二嫂來的吧？我肚子不怎麼疼，也不用吃藥啊。我去看看，熬點薑糖水給二嫂喝。」

譚星說完，抿著嘴笑。平時二哥冷淡，她還怕他跟二嫂處不來呢，結果剛成親兩天，就這麼關切人家了。

譚星本以為蘇如意只是肚子不舒服，是二哥小題大作，但進屋一看，也嚇了一跳。

「二嫂，妳很疼嗎？怎麼這麼嚴重？」剛才向她要月事布的時候，看起來還好啊。

蘇如意雙手捂著小腹，虛弱地笑了笑。「妳幫我倒杯熱水來就好。」

「光喝熱水怎麼管用？」譚星也沒什麼經驗。「要不，我去問問娘吧。」

「別去了。」跟進來的譚淵拉住譚星的胳膊。「直接去找岳郎中抓藥。」說著，把錢袋塞給她。

周氏和齊芳不喜歡蘇如意，若再因為這些事惹來齊芳的閒言碎語，可不值當。

譚星點頭。「那我去去就回。」

譚淵幫蘇如意倒了杯熱水，坐在對面的坐榻上。

「妳每次來月事，都是這樣？」

蘇如意靠坐在床頭，雙手捧著杯子。「嗯。」絲絲熱氣從手心流入四肢，雖然用處不大，但聊勝於無。

譚淵見她的眉頭沒鬆開過，想來是沒緩解多少，便問：「妳的手藝是從哪裡學的？」

蘇如意早想好了藉口。「嚴婆曾找人教我們做些繡活、手工什麼的，便學了一些。」

「還算有點用。」譚淵的聲音沒什麼起伏。

兩人難得能這麼心平氣和坐下說話，蘇如意也對有些事好奇，忍著疼問：「如果官府把譚家被嚴婆騙走的錢給你，那賣身契是不是就能還我了？」

譚淵本就沒什麼表情的臉沈了沈。「怎麼，妳還有別的打算？」

蘇如意抿唇。「你不會是真想跟我過日子吧？」

她心裡清楚，原主做的事在譚家人心裡是根刺，會時時刻刻提防和看輕她。譚淵留下她，大概是捨不得浪費錢罷了。

譚淵的目光有些複雜，他也不知道自己留下蘇如意是為了什麼。若說是當媳婦對待，好像也沒那麼容易接受，但把賣身契還她，放她走……

他驚覺，自己從沒這麼想過。

「官府不會給銀子的。」

蘇如意一驚。「為什麼？」

「妳說呢？錢是給被騙得人財兩空的那些人，人家總不會讓我得了人，還分文不出吧？」譚淵扯了扯唇角，似在嘲諷她的天真。

蘇如意覺得，自己像個傻子。

她回過神，感覺下腹一陣一陣疼了起來。

見她眉心蹙起，譚淵問：「又疼了？」

蘇如意咬唇點頭，將涼了些的熱水一口氣喝下去，又鑽進被子裡，蜷縮起來。

這時，譚星終於提著藥回來了。「二嫂，妳等著，我幫妳熬藥。」

「這是什麼藥？」譚淵問了一句。

譚星回答。「岳郎中說這種毛病是長期的，喝幾回藥只能緩解，得長期調理。」

她說完，衝著譚淵招手。「二哥，你來幫我一下。」

譚淵便跟她出去了。

兄妹倆到了廚房，譚星一邊生火、一邊猶豫地開了口。

「二哥，岳郎中說了，像二嫂疼得這麼厲害的人少。身體太寒，會影響生孩子呢。」

「這麼嚴重？」

譚星小雞啄米似的點頭。「要是長期調理，得花不少藥錢，娘跟大嫂肯定不會答應。」

譚淵看看藥包。「這件事，妳先別跟她們說，我來想辦法。」

「嗯。一個月疼一回，二嫂也太可憐了。」

譚淵饒有興致地瞧她忙活。「妳挺喜歡她的？」

譚星睜圓了眼睛。「那當然，二嫂長得這麼美，人又溫柔，跟我說話輕聲細語的。而且，二嫂還教我做傘，你看掛在外頭的那些，每把能多賣幾十文呢。」

「妳不介意她拿過家裡的錢？」

譚星的手頓了頓。「咱們家雖然窮，可娘和大哥、二哥都對我好，但我知道，人牙子手裡的姑娘，都是自小被賣，吃過苦頭的。住村頭的嫂子跟我說過，以前她跟著人牙子的時候，一點不順心就被打罵。二嫂聽他們的話，也是正常。」

她說完，很堅定地看著譚淵。「二哥，別的事我不懂，但我覺得，二嫂不像壞人。」

熬藥得花一個時辰，譚淵環顧四周，瞧見掛在牆上的牛皮水袋，想了想，伸手取下。

房裡，蘇如意正閉眼忍著疼，忽然感覺一個熱呼呼的東西貼在臉上。

她一睜眼，看見坐在床頭的譚淵。

「先捂捂肚子吧，藥還要等等。」

蘇如意不客氣地抱住水袋，貼在肚子上。「謝謝，麻煩你們了。」

等譚星熬好藥送來，她喝下一碗，又歇一會兒，總算沒那麼難受了。

下午，一家子人又出去忙，留譚星在家繼續做傘，蘇如意窩在被子裡指點她。

「大嫂和娘是做什麼工呢？上午去大院兒，怎麼沒看見她們？」蘇如意捧著水杯，好奇地問。

譚星笑了笑。「娘的手笨，學不會這些玩意兒，就上山摘菜，或採些蘑菇跟山貨什麼的，也能拿去賣。大嫂就更別說了，在家學過一些繡活，卻不算精，做得慢，賣不了幾個錢，便跟著娘上山，小石頭也喜歡去山裡玩。」

「山上不是有野獸嗎？」

「和上山打獵的人一起走，不怕的，而且野獸都躲在深山裡，不會輕易出來傷人。」譚星又做好一把傘，在傘面上刷膠。

這會兒家裡沒別人，蘇如意與譚星熟悉不少，頓了頓又問：「星星，妳二哥的傷……真是被咬的嗎？」

譚星神情一黯。「是他自己砍的。」

蘇如意驚愕。「為什麼啊？」

「他救人的時候，被狼咬住腿。為了不被拖走，只能自己斷腿了。」譚星呼了口氣。「好了，咱們不說這個，反正都過去了。」

居然是為了救人？蘇如意沈默了。自己斷腿這種勇氣，可不是誰都有的，腦海裡冒出譚淵那張清冷的臉，似乎對他有了些不一樣的認識。

一下午的工夫，譚星又做好幾把傘，等著蘇如意畫傘面。

譚星興奮得不得了。「這下，我可把她們都比下去了。」

蘇如意問她。「做一把傘，能分到多少錢？」

譚星算了算。「以前那些傘便宜，能賣個十幾文，除去本錢，我們只能分五文。要是二嫂畫的傘，一把能賣三十文，咱們就能分到十五文。」

蘇如意心想，分到錢是一回事，但那天周氏說了，這些錢是要交給家裡的，那她豈不是只能用勞力換來吃喝，其他的都撈不著？那她何時才能攢到十兩銀子買回那紙賣身契？

她抿了抿唇，又問：「妳平時沒有零用錢嗎？」

「有的，只要成了家，娘會給體己錢，像大哥他們，每個月可以分到上交的三成。如今二哥也成了家，肯定會給。至於我嘛，娘說替我攢著當嫁妝呢。」

蘇如意點了點頭。這樣的話，分來的錢都是有數的，當不了私房錢，得考慮怎樣才能幫自己賺一些了。

晚上，蘇如意簡單喝了碗粥。她吃完後，譚淵才回來。

不知是不是她的錯覺，譚淵的臉色好像不太好看，進來洗了手和臉就去吃飯。

譚淵回房時，發現蘇如意已經睡著了，睡夢中還微微蹙眉。想到她身子不舒服，便沒打算說什麼。

半夜，譚淵又聽到哼哼唧唧的呻吟，點了油燈，朝床上看去。

蘇如意整個人縮成小小的一團，嘴裡不知在唸著什麼，表情痛苦，想來是夜深寒氣重，肚子又不舒服了。

他不知該怎麼辦，總不能大半夜的去抓藥？想了想，伸手碰了碰她揪著被子的手，果然一片冰涼。

他在床沿坐下，將她柔嫩的小手握在手裡。

手心有熱源傳來，睡夢中的蘇如意立刻如乾渴的魚兒碰到水一般，整個人朝他湊過來，另一隻手也迫不及待地握住他的大手。

譚淵一僵，藉著油燈的點點光亮打量她，面色發白的她如病美人般，更讓人忍不住憐惜幾分。

光靠手中那點溫熱，如何能緩解痛楚，蘇如意面朝譚淵側躺著，嘴裡斷斷續續喊著疼。

譚淵抿了抿唇，心裡想著，她是他的媳婦兒，他也沒想過讓她走，真要有些碰觸，又有什麼關係？何況他是為了幫她。

他伸出左手，試著從被子裡伸進去，覆在她的小腹上，輕輕幫她揉著。

隔著薄薄的中衣，掌心的熱漸漸暖了小腹，又蔓延全身。

蘇如意的眉心總算鬆開了些，表情也輕鬆許多，呼吸漸漸綿長，安穩睡了。

她睡著了，譚淵的精神卻來了。

柔弱無骨的小手、玲瓏纖細的腰肢，對一個血氣方剛的男人來說，都是致命的誘惑。

虧她還在外頭說他不行呢……

他無奈地看了眼自己的下處，默默躺下，冷靜去了。

第四章

第二天早上起來，蘇如意總算好多了。

譚星心疼她不舒服，說要替她做早飯，她便又在床上賴了一會兒。

難得的是，睡在她對面的男人，今天居然也起晚了。

蘇如意打量他堅毅的眉眼。拋開別的不說，這張臉是真的賞心悅目，若非腿疾，大概也不需要花錢在外頭買媳婦兒。

她正想著呢，譚淵悠悠睜開了眼睛，正對上她的目光，蘇如意連忙閃躲。

「你醒了？」

「嗯。」譚淵的嗓音有些低啞，坐起來看她。「好些了？」

「好多了。」他一醒，蘇如意更不會在這時候起床了。

譚淵淡然地在她的注視下穿好外袍，沒急著漱洗，說了句。「以後少在外頭亂講話。」

蘇如意一頭霧水。「我亂講什麼了？」這幾天她只出去過一趟啊。

譚淵斜她一眼。「怎麼，妳的夫君不行，妳臉上很有光嗎？」

蘇如意立刻反應過來，原本發白的臉瞬間通紅，沒想到這種事會傳進他耳朵裡。

譚淵見她這副樣子，想起她昨晚對他的親近依賴，道：「本以為妳內向膽小，卻跟那些婆子們嚼舌根。」

這話說得好像她很不知羞一樣，蘇如意也來了脾氣，嬌聲道：「你既知道這話不好聽，那我就該被人笑話嗎？」

譚淵詫異地瞧她，頭一回見她發脾氣，粉唇嘟起來，比平時多了絲人氣。

他不急著出去了，悠然在對面坐下。「笑話什麼了？」

蘇如意怎麼說得出口，只含糊道：「反正你我不是真正的夫妻。我被譚家嫌棄的事，人盡皆知。」

譚淵一聽，還有什麼不明白的，抿了抿唇。

「妳沒在村裡生活過，這裡的人就是這樣，手裡做工，嘴裡也沒閒著，誰家有個磕磕絆絆，都要拿出來說幾句。妳大可以左耳進，右耳出，不必理睬。」

蘇如意可不聽他胡扯。「既然不用理睬，你又為什麼在意別人說你不行？」

譚淵沒想到她這麼伶牙俐齒，一時語塞，沈默一下，才撐著楞杖起身。

「妳有污點，我有隱疾，倒也相配。」他說完，自顧自地出去了。

蘇如意納悶。難道他真的不行？

蘇如意穿好衣裳，剛要洗臉，就聽見隔著小小院子傳來的埋怨聲，是齊芳在說她矯情，不做早飯。

剛才她名義上的夫君都說了，不必理睬，她便沒理睬。她打算趕緊攢錢離開這裡，不會跟齊芳做真正的妯娌。

漱洗後，她去吃早飯，譚星剛好端上桌。

齊芳覺得蘇如意是不把她放在眼裡，才故意不做飯的。

「要是弟妹不樂意屈尊替我們做飯，以後各吃各的，妳自己做自己的多好。」

蘇如意解釋一句。「我只是身子不舒服，今天會做午飯跟晚飯的。」

齊芳成了親，又是自家人，說話根本不避諱。「誰還不是個女人了？也沒見別人藉著這種事偷懶。」

別的不說，昨天蘇如意難受成什麼樣子，譚淵和譚星看得清清楚楚，絕不是裝模作樣地唬人。

就算齊芳是大嫂，也沒道理三番兩次教訓二房的人，譚淵的臉色沈下來。

還沒等譚淵說話，周氏領著孫子小石頭進來了，眾人停了話頭。

周氏坐下，一邊餵小石頭、一邊說：「過兩天就是小石頭的六歲生辰，老大去親家家裡，請他外婆跟舅舅來吃飯。老二搭著去集市送貨的驢車，買點肉跟白麵回來。」

兄弟倆點頭應下，周氏抬頭看齊芳和蘇如意。「妳們負責做飯。」

別看譚家不大也不富，但周氏當家慣了，平時說一不二，一副嚴母姿態。

今天蘇如意還不能碰涼水。吃過飯，譚星去洗碗，催她畫傘面。

傘面是要畫的，但蘇如意也有她的心思，見譚淵要出門，忙出聲問：「你們什麼時候去集市？」

譚淵有些警覺地看她。「妳要做什麼？」

蘇如意看懂他的眼神，撇了撇嘴。「我也想去。賣身契在你手裡，你還怕我跑了？」古代的賣身契猶如現代的身分證。沒了身分證，可謂寸步難行。

「兩日後就是小石頭的生辰，明天自然要買菜回來。」家裡就這麼一個寶貝孫子，周氏可是難得大方一回。

有求於人，蘇如意的語氣不禁軟了下來。「能不能帶我去？我一直被關著，從沒去外面逛過呢。」

嘴上這麼說，但她其實是名副其實的宅女。想去集市，不過是想看看有沒有什麼能賺錢的路子罷了。

譚淵很難相信她只是去逛逛，卻不擔心她耍花招，丟下一個好字，便去忙了。

譚星收拾完就來找蘇如意，昨日的傘已經乾了，畫完這把便能拿去交差。

兩人閒聊起來，東扯一句、西扯一句，主要是譚星在說，蘇如意在聽。

聊著聊著，話題又回到譚淵身上。

蘇如意有些詫異。「妳是說，妳二哥以前當過捕快？」

譚星點頭。「我二哥可厲害了，抓過很多犯人，所以村長才讓他當村裡的護衛隊長。」

她還小，不懂情愛，但看得出來二哥和二嫂並沒有新婚夫妻的親熱勁兒，可她又喜歡二嫂，想起大嫂的話，生怕有一天二嫂真的走了。

她二哥雖然英俊又厲害，但畢竟有了殘疾。二嫂貌美手巧，若出身好些，嫁富商或當官太太都沒得說。她也怕二嫂嫌棄二哥，有意在她面前多誇耀二哥的好。

「那他怎麼不當了？」

譚星搖搖頭。「我不知道，也沒人跟我說。之前二哥在縣裡當差，說攢幾年銀子，在縣裡買了院子，就接一家人過去住。可是，兩年前，他忽然不當捕快，回了村裡。」

蘇如意提筆蘸了顏料，若有所思。難怪她總覺得譚淵的氣度與其他人不同，像是見過世面的。

她被勾起了好奇心，又問：「現在他的腿傷了，能在村裡做什麼？」

「還是護衛隊長啊，二哥不能施展身手，但他管人和布防都是別人比不了的，村裡的男人們也都服他。」

蘇如意聽了，沒再多問，用心畫完最後一把傘。

譚星興奮地拿起來。「走，咱們去交傘，順便拿點新材料。」

到了村裡的大院兒，兩人直奔帳房。

管帳的正是周成，看見嬌滴滴的美人又來了，不由坐直身子，笑得十分溫和。

「我看看東西。」

譚星把傘放下，跟他講價。「周大哥，我們的傘跟別人的可不一樣，你說怎麼訂價？」

周成撐開一看，頓時驚豔。製傘的手藝，是在村裡一起教的，這麼好的傘，肯定不是出自村民之手。

他光明正大地看向蘇如意。「譚星，妳這丫頭的本事，我還不清楚嗎？難道是這位姑娘做的？」

「什麼姑娘，這是我二嫂。」譚星揚起下巴。「傘是我二嫂做的沒錯。不過，除了畫畫，我也學會做了。」

周成經常去集市，自然心裡有譜。「傘做得雖好，不過材料普通，頂多比原來的多個幾文錢。看在這畫的分上，賣三十文，分妳們十五文。」

製傘的竹子是護衛們上山砍來削好的，本錢原本就低。分潤後，村裡也能比原來多賺個幾文錢。

蘇如意佩服地看譚星一眼，跟她算的差不多。

譚星頓時笑開來。「行。」

譚星本想拿了錢就走，周成卻叫住她們。「譚二嫂留步。」

蘇如意微微擰眉，覺得這稱呼又彆扭、又顯老。

「有事？」蘇如意不喜與人交際，男人更甚。

周成笑道：「看妳的手藝不錯，可還會其他的？」

蘇如意沒問其他的是什麼，直覺道：「會。」

這是專業帶給她的底氣，尤其是這樣落後的小地方，不會有太繁雜的工藝。以前她找素材拍片的時候，早把老祖宗的作品翻爛了。

周成愣了下，點點頭。「好，沒事了，妳們去忙吧。」

待人走後，周成立刻拿著兩把傘去隔壁房間，找他爹商議。

蘇如意和譚星去了庫房，譚星剛學會製傘，還想練練手。蘇如意卻在挑別的材料了。編筐什麼的，沒難度不說，關鍵是太便宜，誰都能做，她不想弄。

挑來挑去，她搬了一捆竹子，拿了些白紙和紅紙。

「二嫂，這回又是做什麼？」自家二嫂到底會多少東西，譚星可是滿心好奇。

她還沒開口，有個婦人進來，喊道：「譚星，帶妳二嫂來院子，村長有話要說。」

兩人對視一眼，以為要宣佈什麼事，登記後便拿著東西出去。

這會兒，院子裡男男女女一共有二、三十個人，正吵吵嚷嚷地說著話。

村長周志坤和他兒子周成站在臺階上，周成手裡還拿著蘇如意剛剛交出去的傘。

周志坤看見她們出來，拍了拍手，高聲道：「各位，我有話說。」

底下安靜下來，周成打開手上的傘。「大家瞧瞧這個，能賣多少？」

有幾個人之前就見過這把傘，問道：「這跟譚星那把很像啊。」除了畫不一樣。

「怎麼也能賣個三、四十文吧？小姑娘們肯定會喜歡。」

周志坤點點頭。「這把傘是譚淵的媳婦兒做的。不只是畫，剛才我也看過傘骨了，跟以前咱們教的不一樣，價格翻一倍是絕對沒問題的。」

眾人紛紛回頭，朝蘇如意和譚星看過來，女人們羨慕不已，賣得多就能分得多，這是村裡的規矩；男人們則是第一眼就被蘇如意嬌美的臉奪了心神。

蘇如意微微蹙眉，覺得不自在，也不清楚周志坤大張旗鼓地想做什麼。

譚星微微上前一步，擋住蘇如意，脆聲問道：「周叔，您這是想幹麼？」

周志坤笑道：「咱們村裡出了一個手這麼巧的人，可是大好事。要是你們都有這手藝，以後賣貨賣得好，村裡賺得多，大家的腰包也能鼓一鼓啊。」

在場的村民聽聞這話，均是一喜，蘇如意卻面上一沈。

周成走下來，對她客氣道：「譚二嫂，上來說話？」

蘇如意站在譚星身後，默默搖了搖頭。

譚星再不諳世事，也聽出幾分意思了。「我們還要急著回去做工呢。」

誰不想賺錢？不用周志坤挑明，已經有人開始起鬨了。

「對呀，譚家的，妳就教教大夥兒怎麼做吧。」

蘇如意抿著唇。如果村長真有這個誠意，完全可以跟她私下商量，如此做派，分明是怕她不肯教，把她架起來，不給她拒絕的餘地。

譚星臉色比她還難看。答應吧，明明是自家的絕活，別人收個徒弟還得藏私呢；不答應吧，以後蘇如意待在村裡就為難了。

這種事，誰也沒辦法幫蘇如意做決定。

譚星擔憂地看她一眼，忽然拔腿跑出了院子。

「欸？」蘇如意看著譚星的背影，只能獨自面對這些期待、嫉妒，甚至厭惡的目光。

「如意呀。」周志坤笑咪咪的，看起來很親切。「咱們村子呢，就像一大家子一樣，有勁兒一起使，要富大家富。跟縣裡的村子比，繞山村也是有頭有臉的。」

一通大道理壓下來，說得難聽些，不就是道德綁架嗎？蘇如意寧願不靠村子，自己單幹，不給村裡抽成還賺得多些呢。

見蘇如意不作聲，顯然不太願意的樣子，岳瑩嗤了聲。「譚二哥放著捕快不當，回來護著我們村子，還為了救人犧牲自己，結果娶了個自私小器的媳婦兒，真是委屈他了。」

她這麼一說，加上成親那天的事，蘇如意本來就不好的名聲更是雪上加霜。

蘇如意不善言詞，但是不傻，看向周志坤。「村長，俗話說出嫁從夫，雖然手藝是我的，可我上有婆婆，下有夫君，還需回家與他們商量，再給您答覆。」

譚淵跟著譚星趕來的時候，剛好聽到她的話，聲音輕輕柔柔，卻擲地有聲。

她這麼說，大家也挑不出錯，周志坤笑著點頭。「應該的，那就這樣，先散了吧。」

蘇如意鬆了口氣，轉頭瞧見譚淵兄妹。

「二嫂，妳沒事吧？」譚星跑過來。「放心，有我二哥呢，誰也逼不了妳。」

譚淵看她一眼。「回家說。」

一進院子，關上門，譚星就不忿地開了口。

「他們分明是以勢壓人！村裡教的手藝，是為了幫村子賺錢。二嫂的本事是自己的，憑什麼非得教給他們不可？」

蘇如意將東西放下，看向譚淵。

譚淵不緊不慢地倒了杯水。「妳把事情詳細地跟我講一遍。」

譚星立刻從她們交傘、談價說起，還將村長父子的話全學了一遍。

譚淵挑眉。「教他們做傘不算什麼，只怕他們的算盤沒這麼簡單。」

蘇如意忙問道：「為什麼？」

譚淵搖搖頭，對她的單純有些無奈。「周成問妳的話是什麼用意，妳就沒想過？」

蘇如意猛的起身。「他還打其他東西的主意?!」虧她還傻乎乎的說都會。教村民製傘，她的損失不大，但以後是不是不能做別的了？或者，手藝都要教給他們？

「太不要臉了！」譚星一跺腳。「二哥，咱們不能平白吃虧吧？」

譚淵曲起食指，敲了敲桌子。「村裡教大家手藝，需要的回報是勞力。妳有手藝，自然也可以換取妳想要的東西。」

「你是說，跟他們談條件？」蘇如意心裡一動，那她還真有想做的交換。

中午是蘇如意做飯。前世她自己住，對她來說下廚不難，只是食材太貧乏了。

她翻出玉米麵，琢磨著煮什麼。

因為她碰不得涼水，譚星來幫她打下手。「二嫂，要洗什麼，妳儘管說。」

前兩天辦酒席，還剩些食材。蘇如意抓出一把蘑菇乾、一根蘿蔔、一些野菜。

「這些麻煩妳了。」

接下來，她用溫水開始和麵。這玉米麵並不細，為了更容易捏成團，她加了些白麵。齊芳警告過她，白麵不能隨便用，所以只加了一些。

等譚星洗好食材，麵也和好了，便開始將幾樣菜切成細絲。

譚星好奇地湊過來看，蘇如意喜歡這個小丫頭，做什麼也不避著。她遲早要走的，教譚星一些東西，也算回報譚星對她的照顧。

切好菜，用了一點豬油渣，加鹽巴和蔥蒜拌好，就沒什麼別的調料了。

蘇如意擰眉，這太寡淡了，下回做點醬，做什麼菜都能放。然後像捏丸子似的，將菜餡和麵混在一起，捏成拳頭大小的團子，在乾麵粉裡滾一圈，就算完成。

她不太喜歡那種像包子一樣包餡的丸子，卻很喜歡吃混了菜捏成的團子。

譚星看了一回，便學著捏起來。

將主食送上鍋蒸，蘇如意挑了兩條剛從菜園摘下的絲瓜，正值鮮嫩味甜的時候。

處理絲瓜就更簡單了，只要切成絲，用蔥蒜和鹽巴拌一拌，清熱又爽口。

這幾天，譚家吃的就是這些東西。食材跟調料有限，她的手藝再好，也做不出花來。

做好飯菜後，譚家人也陸續回來了。

蘇如意剛擺上碗筷，周氏就喊她。「老二家的，妳來一下。」

「娘叫我有事？」周氏雖然冷淡，卻沒為難過她。

周氏的眼皮有些耷拉，打量她的手。「村裡的事，我聽說了，妳跟老二怎麼商量的？」

齊芳抱著孩子在旁邊坐下，也豎起耳朵聽。

蘇如意沒打算瞞著。「夫君說可以教，但手藝不能白白交出去。我們琢磨一下，要跟村長提條件，答應了再教。」

齊芳難得附和她的話。「就是。這傘要是好賣，最少也得出幾錢銀子來買手藝吧？」她的錢就是譚家的錢，不能讓別人占了便宜。

蘇如意看她一眼，懶得說她目光短淺了。

周氏對自己兒子還是放心的。「上午交傘的錢呢？」

蘇如意差點忘了，從袖中拿出今天的進項。

看到蘇如意帶給家裡的好處，周氏的臉色柔和了些。「行了，吃飯吧。」

熱騰騰的飯被端上來，玉米麵金黃軟糯，配菜五顏六色，光看著就讓人食慾大增。

小石頭第一個張大了嘴。「娘，這是什麼？」

譚星毬著眼睛笑。「這可是二嫂做的，叫玉米麵團子。娘，您嚐嚐怎麼樣？」

周氏咬了一口，麵粉帶有顆粒感，卻不粗糙。菜餡鹹香，口感豐富，就算不配別的菜，也不單調。

譚威三口吞掉一顆。「沒想到弟妹不只手巧，連廚藝也這麼好。」

小石頭的牙還沒長齊，但吃起來也毫不費力。「二嬸好厲害，比我娘做的好吃。」

小孩子心直口快，有什麼說什麼。齊芳本來也吃得挺香，聞言一下黑了臉。

譚淵慢條斯理地咬了一口，嘴角扯出一個不易察覺的弧度。

吃完飯，蘇如意和譚星去廚房收拾，周氏喊住了譚淵。

「你成家了，屋子添置些東西，也需要錢。上個月，你交給家裡三錢又四十二文，三成是一百零二文，拿好了。」

齊芳在一旁看得眼紅。上個月他們兩口子一共得了八十多文，周氏看在小石頭的分上，才湊足一百文給大房。

「還有，這一錢銀子是去集市採買的。多買點肉，別太寒酸。」

齊芳幫小石頭擦著嘴。「二弟可得拿好，小心錢自己跑了。」

譚淵看都沒看她一眼，拿錢回了房。

第五章

午覺醒來，譚淵問梳頭的蘇如意。「妳看看，有沒有什麼需要添的東西？」

蘇如意眼睛一亮。「可以買嗎？」原本以為只能去轉轉的。

瞧見她期待的模樣，譚淵點點頭。「不能買太貴的。」

蘇如意掃了房子一圈，其實她想買的東西挺多的，但銀錢有限啊。

「那能買個小鏡子嗎？」

譚淵從袖中拿出荷包。「這是三十文，妳可以自己支配。」

蘇如意收起來，衝他一笑。「謝謝。」她是個有「前科」的人，他還肯把錢交給她，她已經很知足了。

收拾好，兩人帶著譚星一起坐著村裡的車去集市。

下午還是有些熱的，譚星特地拿出自己的傘，幫蘇如意和譚淵遮太陽。

「二嫂，妳想幫小石頭準備什麼禮物？」

蘇如意愣了愣，她根本沒想到這件事，轉頭問譚星。「妳要送什麼？」

「我替他縫了件小褂子，早就做好了。」

蘇如意摸了摸自己的荷包，看來，今天是剩不了什麼了。雖然吃住不用她掏錢，但零花錢真是少得可憐。

集市在鎮上，坐驢車要半個時辰，土路又不平坦，蘇如意感覺屁股都快裂開了。到了鎮上，跳下車時，蘇如意一個腿軟，差點沒趴在地上，旁邊的譚星忙扶住她。

「哎，二嫂，妳怎麼了？」

蘇如意尷尬地笑笑。「有點腿麻。」

譚星笑道：「二嫂的皮肉嬌嫩，習慣就好。」

蘇如意望著前頭譚淵的背影，窘迫道：「沒事，咱們趕緊走吧。」

到了集市，蘇如意興致勃勃地逛起來，畢竟這可是真實的古代啊。

其實鎮裡不算繁華，但人還是不少。集市是一條長長的街道，入口有許多人擺攤，賣各種食材和用品。

「再往裡面走就是鋪子了。咱們先去逛，回來時再買菜。」譚星道。

駕車的六子將驢車停在前面賣山貨，譚淵行動不便，也跟著坐下。「妳們去吧，我在這裡等。」

譚星蹦蹦跳跳，興奮得很。「二嫂，妳要買什麼？」

「鏡子。」蘇如意嘴上這麼說，眼睛卻盯著周圍的攤子，想從中看出商機。

左右看了一圈，跟她想的差不多，大多是常見的用品，質量和樣式都一般。

「要是做的東西太貴，恐怕也不好賣吧？」蘇如意問譚星。

「可以去縣裡賣。每次村裡做出來的東西都是運一些到鎮上，送一些去縣裡的。」

譚星拉著蘇如意進了一家店。「這裡有鏡子。」

這是間賣胭脂水粉、頭花飾品的鋪子，東西要比外面擺攤的好些。

蘇如意專心地打量起來。譚星捨不得買，但小姑娘就愛這些，也看得津津有味。

「姑娘要買什麼？」林掌櫃見蘇如意模樣水靈，忙過來招待。

蘇如意拿起一朵絹花。「這頭花怎麼賣？」

「一朵五文。」

小地方的姑娘們戴不起太好的頭飾，絹花便宜又簡單，很受歡迎。

蘇如意摸了摸材料，是比較粗糙的棉織品。旁邊有好一些的，要賣十文，是精細一點的紗做成的。

「姑娘要買嗎？」見她拿著絹花不說話，林掌櫃問道。

蘇如意搖頭笑了笑。「我自己堆的比這個好看。」

沒人願意聽見別人的貨比自己好。林掌櫃收斂了笑，雖未發作，但還是有些不悅。

「我們可是從青陽縣的高級繡樓進貨，他家的手藝是縣裡賣得最好的。」

「哦？」蘇如意微微思索了下。「若我真能做出比您這個好的呢？」這花的手藝還可以，但顏色不同，花樣太少。

林掌櫃一臉不信。「如果姑娘能做出比這個好的，那我就高價從妳手裡買。」

蘇如意等的就是這句話。「好，下次來的時候，我拿給您看。」

「二嫂，妳看這個怎麼樣？」剛說完，譚星舉著一面小鏡子過來。「後面還有雕花。」

蘇如意接過，鏡面有些發黃發霧，但大致還是能看清人，也就一個饅頭大小，背後鏤空雕刻著兩朵牡丹。

對於鏡子，她沒什麼要求，能照就行。「這個怎麼賣？」

「二十文。」

蘇如意抽了抽嘴角，這都要趕上一把傘的價錢了。雖說譚淵給她的銀子夠，但買了這個，買紗和禮物就不夠了。

她把鏡子放回去。「下回來的時候，一併買吧。」

林掌櫃見她一樣也沒買，更覺得蘇如意是來戲弄他的，轉頭便把這事拋諸腦後。

「嫂子不要鏡子了？那我們買什麼？」

「我打算買點禮物給小石頭，之後攢了錢再買鏡子。」

兩人說著話，進了一家布店。

蘇如意的工具箱裡大多是工具，材料不多。

譚星以為蘇如意也想做衣裳，卻見她花十文買了三小塊粉黃綠的紗布。

「這能幹什麼？」譚星覺得有點心疼。

蘇如意又在攤位上買了五顆鐵珠子。「到時候，妳就知道了。」

兩人回去找譚淵後，才開始買菜。

「妳們倆負責做飯，要做什麼便買什麼吧。」

譚星望向蘇如意，二嫂廚藝比她好，她打個下手就行。

蘇如意是個無肉不歡、無辣不歡的人，這兩天吃得又清淡又素，早已有些饞了，遂不客氣地挑揀起來。

最後，她買了一隻雞、兩斤五花肉、一塊豆腐、一斤雞蛋，還有青菜，添了幾樣調料。

六子的乾貨也賣得差不多，趁著天還沒黑，一行人忙著趕回村。

再顛簸一趟，蘇如意感覺這回屁股是真的裂開了。

「中午還剩不少團子，我再煮鍋粥當晚飯就行了。」譚星笑著調侃她。「二嫂回去快揉揉吧。」

蘇如意瞥她一眼，也沒逞強，還得趕在明天前做好禮物呢。

回到家，院子一角堆著木頭，蘇如意過去挑，但這是用來燒的，沒有又厚又寬的木板。

「找什麼？」她的背後冷不防傳來譚淵的聲音。

蘇如意嚇一跳。「我想找塊木板，做生日禮物給小石頭。」

「什麼樣的？」譚淵問。

蘇如意想了想，乾脆拿木棍在地上畫了草圖。「大概這麼大，但是要厚一些。」

譚淵道：「妳去雜物房看看，那裡有塊之前替換下來的木門板。」

蘇如意連忙過去看，果真有一塊。下半塊破了個窟窿，但有一半便夠用了。

她費力地拖出門板，用院子裡的鋸子開始鋸。鋸子有些鈍，門板又太厚，她額頭都冒汗了，也沒鋸開多少。

譚淵無奈搖頭。「我來吧。」

「你？」蘇如意不由瞥向他的腿。

譚淵斜她一眼，將枴杖放在一邊。「過來。」

「啊？做什麼？」

譚淵拿起鋸子。「我不能撐著枴杖鋸吧，否則如何站穩？妳扶著我。」

蘇如意有些為難，根本不知道怎麼扶。他要鋸木頭，扶胳膊礙事，總不能讓她抱著腿？

譚淵一副鄙視的眼神。「抱著我的腰。」

「啊？」蘇如意瞪大眼睛，小臉瞬間染上一抹緋色。

譚淵也不催她，一手固定門板、一手開始鋸了起來。一動作，一隻腳便失去平衡，朝著左側歪過去。

「小心！」

蘇如意一直盯著他呢，見狀也想不了那麼多，衝上去一把抱住他的胳膊。

因為衝得急，她的柔軟身子緊緊貼著他的胳膊，隔著薄薄的布料，觸感溫熱。

譚淵的肌肉立時僵了，但蘇如意沒感覺到，鬆開他後，無奈地用兩隻手扶住他的腰。

譚淵的喉結滾動了下，正兒八經開始鋸木頭。

沒幾下，蘇如意需要的方正木塊便被鋸下來。她抱起木塊，道謝回了屋。

她的手一鬆開，譚淵整個人才舒了口氣，在凳子上坐下，嘴角微微翹起。

房裡，蘇如意將自己的工具箱拿出來，開始做禮物。

一旦她埋頭做手工，眼裡便沒了別的事。譚星喊她吃飯，她就叫譚星幫她端來幾顆團子，匆匆吃過又開始忙。

譚淵擦過身子，進屋看見滿地的木屑，和那塊被刻得高高低低的木板，完全不知道蘇如意要做什麼。

「不早了，明天再做吧。」

蘇如意搖搖頭。「快弄好了，明天還要張羅飯菜。」

譚淵在坐榻上躺下，看著她忙活。

蘇如意低著頭，手裡拿著兩把形狀奇怪的小刀子，一會兒削一削、一會兒磨一磨。碎髮垂在額前，她時不時往耳後捋一下。因為出力，臉色泛著紅暈，柔軟的纖手熟練地削著一根木棍。

譚淵從六歲就開始，就自己睡一間屋子，這些年冷清慣了。如今每天回房，有個嬌美的人在眼前晃悠，哪怕什麼都不做，竟也有幾分溫馨。

大概過了一個時辰，外頭已經完全黑下來，蘇如意才終於起身，揉揉僵硬的後腰。

「好了！」

有時做手工步驟繁瑣又辛苦，但東西完成的那一刻，帶來的成就感也是前所未有的。

「這是什麼？」譚淵沒見過這玩意兒，上面還有很多像是釘子的細木棍，排在一起如小小的木樁林子，有什麼用？

蘇如意急於跟他分享自己的成果。「要看看怎麼玩嗎？」

這東西是玩具？

譚淵挑眉。「好。」

蘇如意做的是個木製版的彈珠檯，她將買來的鐵珠子放在右邊長棍頂端，往下一拉一鬆，珠子彈出去，落在左側她削好的小木樁林中。

珠子不規則地從上往下滾落，譚淵本以為它會掉在最左側的洞中，誰知一拐一拐的，居然落在最中間。

中間的洞口刻著一個字：空。

她又彈了一顆，這回落到最後面，上面刻著一文錢。將底下的小抽屜拉開，兩個珠子便能拿出來。

「怎麼樣，小孩子一定會喜歡吧？」蘇如意微微彎唇，星辰般的眸子閃著得意的光。

譚淵點點頭，忽然道：「人牙子不會讓妳們姑娘學這個吧？」

蘇如意嘴角的笑一僵。「這不是她教的，是我本來就喜歡，自己琢磨的。」

譚淵沒再多問，將雙臂枕在腦後。「好了，睡吧。」

蘇如意也犯睏了，收拾木屑，漱洗完，沾上枕頭便睡著了。

第二天，除了譚淵，其他人都沒去做工。譚威一大早就去接人，大概中午才能回來。

蘇如意和譚星隨便吃了點早飯，便張羅著中午的小席面了。

譚星切了一斤五花肉，開始剁餡。蘇如意處理那隻雞。

蘇如意舀起燒開的熱水，將雞燙了一遍，然後用鹽巴、酸梅、花椒，還有昨天買的一小罐醬醃了備用。

她問過周氏，今天可以用白麵。知道小石頭愛吃包子，便發了麵，先放置一邊，打算做一些。

譚星會調餡料，蘇如意便做起其他的菜。

五花肉和豆腐一起紅燒，再用胡蘿蔔和小蔥混著做雞蛋捲，接著涼拌馬鈴薯絲和茄子。最後，出於她的私心，分了一點肉餡塞進辣椒裡，做了一道虎皮尖椒。

忙忙碌碌的，一上午過得極快。

包好豬肉香菇蘿蔔包子，將醃好的雞一併放進去蒸上。熬藥用的小灶上咕嘟咕嘟燉著紅燒五花肉豆腐，只需要等著了。

「哎喲，累死我了。」譚星擦了擦額頭的汗，但眼睛亮晶晶的。「好多菜我都沒吃過呢，端上桌後，肯定嚇大家一跳。」

蘇如意剛摘下圍裙，就聽見外頭有大嗓門喊：「娘，我岳母和小舅子來了。」

她朝廚房外瞧去，看到一個身形消瘦的老太太，和約莫二十歲的微胖男子進門。

齊勇一進院子，便聞到香味，順著香味的方向望去，瞧見臉色被熱氣熏紅、身姿婀娜的蘇如意，雙腿驀地一軟。

蘇如意沒察覺到齊勇的不對勁，但譚星不喜歡他，以前他還笑她長得黑，嫁不出去。

「二嫂，能放豆腐了吧？」她喊了一聲。

蘇如意有禮地衝兩人點了點頭，便又進去忙了。

齊勇這才舒了一口氣。「姊夫，這就是譚二哥買來的媳婦？」

譚威嗯了聲。蘇如意也讓他驚豔，可畢竟是二弟的女人，該有分寸，便收起亂七八糟的心思。

齊勇意猶未盡地看了眼廚房的方向。他都二十了，媳婦兒病死後，沒了餘錢再娶。譚淵一個廢人，哪來的福氣弄到這麼個美人兒？

人都到了，只差一大早出去忙的譚淵。

小石頭饞得不得了，跑了廚房好幾趟。

蘇如意看他虎頭虎腦的可愛，笑著摸他的頭。「那你去看看你二叔回來沒有。他回來，我們就吃飯。」

小石頭乾脆地答應一聲，朝院子外跑去，剛到門口就瞧見譚淵，神色一喜。

「二叔！」

譚淵露出一個笑。「小壽星要去哪兒？」

小石頭還小，說話不清楚，只挑簡單的說：「二嬸讓我來看你回來沒有。」

沒想到蘇如意惦著他，譚淵神色更柔和了。

「走吧，進去。」

第六章

飯菜陸陸續續上了桌，連周氏都嚥了嚥口水，這比過年還豐盛呢。

齊芳手笨，不僅女紅跟手工不行，廚藝也就是能吃的水準，讓譚威再次感嘆道：「弟妹真是一雙巧手。」

今天孫子的生日，飯菜體面豐盛，周氏也高興。「好了，都是自家人，快坐下吃吧。」

譚淵扭頭問妹妹。「怎麼看起來沒一樣像是妳做的？」

譚星一點都不生氣。「菜式全是二嫂想的，但是我打下手，還包了包子。」

譚淵扭頭看向那籠冒著熱氣的包子，最上頭的兩個白白胖胖、褶子均勻，好看極了。

小石頭本來就愛吃包子，不客氣地先拿了一個。「這個好看，我要吃這個！」

譚淵剛想抬手，另一個忽然被一雙筷子挾起來。他淡漠地抬眼，就見齊勇迫不及待地咬了一口，還瞇著眼掃了蘇如意一下。

蘇如意毫無所覺，她又饞又累，這會兒早餓得不得了，隨手拿了一個包子，秀氣地咬下，然後又挾了一塊辣椒。

譚星看得皺鼻子。「二嫂，妳直接吃啊？」

蘇如意點點頭。「妳也嚐嚐？」說罷，先咬了一口，微辣中帶著一絲甜，滿足地彎了彎嘴角。

譚星對蘇如意的廚藝無比信任，見狀便相信肯定好吃，也跟著挾一塊，吃了一口。辣椒內塞著肉餡，外皮焦焦的，果然十分下飯。

一家人邊吃邊說，飯菜太可口，最後竟沒剩多少。

因為譚星的好奇，大家都喜歡上虎皮尖椒。盤子裡只剩一塊，蘇如意忙挾到自己碗內。

但吃尖椒像抽獎似的，有的甜、有的辣，最後這塊正好辛辣無比。

蘇如意愛吃辣，但她忘記了，這不是她的身體，是一具幾乎沒吃過辣的身子。

她的臉立刻通紅起來，舌尖像被燙了一樣難受，倏地站起身。

其他人正說話呢，全被她嚇了一跳，齊芳更是因為她今天出盡了風頭，不太高興。

「怎麼了？一驚一乍的。」

譚星問她。「二嫂，妳是不是不舒服？」

齊勇笑了聲。「她是被辣椒辣著了。」

譚淵再次不悅地看向齊勇。齊勇的反應證明他一直盯著蘇如意看，而且說話間連二嫂都不叫。

但人家沒明說什麼，他發作反而莫名其妙，遂撐了一邊枴杖起身，拉住蘇如意的手。

「跟我來。」

蘇如意一愣，但在別人面前，又不好甩開譚淵，只能跟著他往外走。

齊勇看著兩人交握的手，眼都快紅了。

到了廚房，譚淵才鬆開蘇如意。

「先含一點鹽巴，然後用水漱口。」

蘇如意辣得眼淚都不受控制流出來了，忙在手心上倒了一點鹽，伸出舌頭舔進去。

譚淵怔怔看著她粉嫩的小舌，呼吸一滯，忙轉過頭。

一番折騰，蘇如意總算好受了些，覺得自己洋相百出，低聲道：「我沒想到那麼辣。」

譚淵看著變得乾淨整潔的廚房。「廚藝不錯，飯菜很好吃。」

沒想到他會誇她，蘇如意笑了笑。「我平生最喜歡兩樣東西，一樣是手工，另一樣就是好吃的。」

譚淵失笑，哪有姑娘把愛吃掛在嘴邊的。

他話頭一轉。「大嫂的娘家人，妳看到了，覺得怎麼樣？」

蘇如意一臉疑惑，大嫂的娘家人跟她有什麼關係？但現在是名義上的親戚，便點點頭。

「挺好的呀。」

見她根本沒多想，譚淵支起枴杖。「好了，回去吧。」

今天本該輪到齊芳做飯，因為是小石頭的生辰，才讓蘇如意和譚星幫忙。收拾的時候，周氏自然就讓齊芳去了。

等桌面上乾淨了，大家拿出自己要送的禮物。

周氏的禮物，早上就送了。人家要送大孫子什麼好東西，別人也管不著。

齊芳的娘李氏拿出一塊硯臺。「聽說親家今年要送小石頭去讀書，外婆就送我們小石頭硯臺，希望你好好念書，以後中舉人，好不好？」

小石頭不懂什麼舉人不舉人的，拿過來看了看，一點意思都沒有，便放下了。

齊勇更是簡單，一個小孩子的生辰有什麼重要的，取出一把隨便從集市上買的木雕大刀送給他。

這玩意兒，譚威做了好幾把，小石頭道了謝，也沒多喜歡。

譚星把小褂子拿出來。「之前已經讓你試過了，明天趕緊換上吧。你的個子長得快，明年就要變小了。」

小石頭喜歡這個姑姑，嘿嘿一笑。「謝謝小姑。」

輪到譚淵，大家都看向他，連蘇如意也好奇這個一直冷冷淡淡的二叔準備了什麼。

譚淵從袖中取出一個小巧的彈弓。「以後上山，可以用這個打鳥、打兔子了。」

小石頭眼睛一亮，之前他爹怕他打到別人，都不讓他玩。「謝謝二叔！」

其實，二房只送一份禮也沒什麼，卻見蘇如意起身跑出去，沒一會兒又抱著東西回來，放在桌上。

「小石頭猜猜，這是什麼？」

別說小石頭了，其他人也好奇地看著這怪模怪樣的木頭。

「不知道。」小石頭老實地搖頭。

蘇如意拿出三枚銅錢，每個洞口放了一枚，剩下兩個洞口刻著空字。然後拿出珠珠放好，抓著小石頭的小手。

「來，拉一下把手，然後再鬆開。」

小石頭好奇一拽，用力使勁，鐵球一下彈了出去，撞在一堆小木棍上，左歪右拐的，最後落在第五個洞口。

蘇如意拿起那洞口前的銅錢。「小石頭真厲害，中了一文錢。」

這下大家都知道怎麼玩了，小石頭更是眼睛發光，整個人趴在桌前。「再來再來！」

他玩得開心，周氏也高興，抬頭問蘇如意。「這是哪兒來的？」

譚淵淡淡道：「她自個兒做的，搗鼓到半夜。」

蘇如意意外地看他一眼，天黑後她就睡了，哪有弄到半夜？

周氏聽在耳朵裡，點了點頭。之前蘇如意偷錢的事情惹人不悅，但這幾天她乖巧安分，重要的是有雙能賺錢的好手，又這麼上心地討好自家孫子，讓周氏對她的印象好了幾分。

譚星才十三歲，心性跟孩子一樣，沒見過這種新奇玩意兒，早跟小石頭玩到一塊兒了。

今天這些禮物，顯然只有彈珠檯得了小壽星的歡心。

譚淵面色平靜，但眼角餘光一直注意著旁邊的齊勇，果然發現，他盯著蘇如意的眼睛都快發光了。

「累了，如意扶我回去吧。」

蘇如意詫異地望向譚淵，這男人今天格外奇怪，但周氏就在面前，還是乖乖去扶他了。

大中午的，剛吃完飯，李氏打算歇歇再回去，齊勇卻迫不及待地拉著齊芳到外面說話。

齊芳一臉疑惑。「什麼事啊，神神秘秘的？」

齊勇跟齊芳沒差幾歲，從小一起玩到大，幾乎無話不談，便直接問道：「姊，譚老二的媳婦兒叫什麼名字？」

齊芳瞥他一眼，自己弟弟什麼德行，她還能不知道嗎？

「叫什麼名字，跟你有關係？人家都嫁給老二了。」

齊勇想想就氣。「虧妳還是我姊呢，有這麼好的貨色，就不知道想想妳可憐的弟弟，現在還沒個暖床的，叫那個廢物撿了便宜。」

齊芳戳他的腦門，罵道：「你說的是什麼屁話？她是老太太相看的，人家就是要買人給兒子，我怎麼給你？我給你，你有錢買嗎？」

齊勇也知道，就是眼饞。「看他們感情還挺好？」

齊芳嗤了聲。「好個屁，從成親到今天，連房都還沒圓呢。」

齊勇一瞪眼。「妳怎麼知道的？」

齊芳是處處看蘇如意不順眼，起初她還有個不好的名聲，結果最近越來越能賣乖，連周氏都給她好臉色了。

她帶著幾分幸災樂禍，將蘇如意跟人牙子串通偷錢的事說了一遍，又道：「我是成過親的人，剛成親那幾天，她每天早早起來，身體看著沒一點新娘子該有的不適。這兩天來了月事，更不可能圓房了。」

齊勇若有所思。「可譚老二看著不像嫌棄她的樣子，說不定過兩天就把人睡了。」

齊芳想起這幾天村裡的流言，低聲道：「我聽說，老二斷腿的時候傷了那處，恐怕根本不能人事了。」

齊勇張大了嘴。「真的假的?!那他還娶媳婦兒幹什麼？」

「還能幹什麼？堵別人的嘴啊，哪個男人想被別人知道這種事。要不然，她偷了錢，他既不睡她，又不打發她走，正是留著掩人耳目呢。換作你，就算她偷錢了，有這麼個女人躺在身邊，你能忍住？」

齊勇想了想，嚥了下口水，心裡冒出希望。

「姊，既然他們是假夫妻，能不能想辦法弄給我？」

齊芳瞪他一眼。「他倆怎麼樣先不說，成親也是板上釘釘的事，你作什麼夢呢？」說完便轉身回了屋。

蘇如意扶著譚淵進了房間。「你是不是哪裡不舒服？」

譚淵語塞，只好想了個藉口。「就是隱隱有點疼。」

蘇如意看向他的斷腿，浮現一絲擔憂。「已經這麼久了，還會疼嗎？」

譚淵躺在榻上。「忍忍就過去了，快睡吧。」

睡過午覺，齊家人已經回去了，譚淵穿上鞋道：「今天要給村長答覆了。該怎麼說，妳想好了嗎？」

蘇如意點點頭。「若是他不答應怎麼辦？會逼著我教嗎？」

譚淵的眼神一涼。「我隨妳一起去。他是村長沒錯，但也沒資格強迫別人。」

聽譚淵這麼說，蘇如意的心莫名定下，收拾好，便與他一起去了大院兒。

九月的天氣開始涼爽了，不少婦人坐在院子裡做活，邊說邊笑，見到兩人進來，紛紛瞧過來，都很關心教手藝的事。

譚淵沒理會她們，蘇如意跟著他走，進了村長屋裡，便隔絕了那些目光。

「來啦？」周志坤笑著讓兩人坐。「怎麼樣，是不是想好了？」

蘇如意點點頭。「我可以教給大家，但是有條件。」

周志坤也想到了。「說來聽聽。」

蘇如意呼了口氣。「教大家沒問題，我可以分文不收，但以後我想自己買材料，自己做自己賣，不再依靠村裡。」

周志坤臉色變了變。若蘇如意要村裡出錢買手藝，他會給些銀子補貼，但她野心未免太大了些。她沒顯露手藝的時候，他還可能答應，現在怎麼會放走這棵搖錢樹？

蘇如意一看周志坤的臉色，便知道他不會輕易答應，抿著唇等他的回答。

周志坤去看譚淵。「譚二，你也答應她胡來？」

譚淵沒想到蘇如意會這麼說，之前也沒問過他，但他不會拆她的臺。

「村裡有村裡的規矩，自然不能這麼胡來。」

見兩人都詫異地看向他，譚淵手指摩挲著旁邊的枴杖，繼續道：「可如意的手藝並非是在村裡學的，想不想外傳全憑她的心意。哪怕是我，也不能強迫她交出來。」

周志坤看出來了，譚淵並不是向著他這邊的。

他不想鬧僵，回身坐下，平和地商量道：「正因為如此，村裡也不打算白要。這樣吧，就這把傘，用一兩銀子買手藝。」

一兩不少了，但蘇如意毫不心動。這一兩銀子會人盡皆知，她也是要交給周氏，自己沒能得到半點好處。

見她無動於衷，周志坤臉色有些難看。「想脫離村子，絕對不可能。一兩銀子，已經是最高的價錢了。」

蘇如意沒想過周志坤會答應，已經決定自己偷偷賣東西攢錢。「既如此，那請村長答應，教了傘後，不再逼我教別的東西。」

周志坤終於察覺這個女子不簡單了，看她柔柔弱弱，以為好拿捏，卻什麼都看得很透。那天兒子跟他說，蘇如意還會很多手藝，他們就打定主意，都要歸到村子裡。

他捨不得放開到嘴的肥肉。「以後妳就是這個村裡的人，大家都是街坊鄰居，難道妳不想讓大家一起變好變富嗎？」

又來這套。蘇如意扭頭看向譚淵，想看看他是什麼意思。

譚淵想的倒跟蘇如意不一樣，見她的條件行不通，便提出自己的想法。

「村裡教大家東西的時候，需要的是大家的勞力，村裡提供手藝和材料，然後從中抽成。那如意出手藝，是不是也應該得到一份屬於她的利潤？」

周志坤擰眉。「你的意思是？」

譚淵拿傘舉例。「之前的傘只能賣十五文，本錢七文，剩下八文，分給做工的人五文，村裡拿三文。但如意做的傘可以賣到三十文，分給做工的十五文，比以前多了足足十文錢，而村裡的利潤提高到八文。若從村裡的利潤分出一文，再從做工的利潤裡分出一文，是不是也不過分？」

蘇如意明白了，譚淵的想法是從中抽成。一把傘兩文錢，看起來少，但村裡這麼多人，哪怕一天只做二十把，也有四十文的純收入了。

周志坤想一次買斷，多出來的利潤很快就能填平。譚淵這法子，要一直從村子吸血，他不太願意。

譚淵才不管周志坤願不願意，又不是他們有求於人，起身道：「村長考慮吧，我們先回去了。」

蘇如意快步跟上，出了院子才問譚淵。「村長會答應嗎？」

譚淵哼了聲。「想占便宜又不想出血，哪有那麼好的事？」

蘇如意扭頭看他，他是村裡的護衛，還為村民殘了腿。她本以為譚淵是很敬重村長的，沒想到他比她更不客氣。

轉念一想，雖然抽成落不到她手裡，可周氏每個月會給他們三成，抽成越多，她得到的也就越多。

那天，譚淵還給她錢呢，他也不好意思靠她的手藝賺錢卻獨吞吧？想想也是好事一件，她再私下做些東西去賣，攢錢的速度會更快。

她想清楚了，便安心等消息，見譚淵還跟著她一起往家走，有些納悶。

「你今天不忙了嗎？」

「哪有那麼多可以忙的？他們該巡邏的巡邏，該上山的上山，野獸又不是天天來。」

雖然譚淵還是一如既往的沒什麼表情，但興許是他那天給了錢，今天又幫她說話，蘇如意便沒那麼怕他了。

「聽星星說，你以前是捕快？」

譚淵目不斜視。「嗯。」

蘇如意好奇道：「抓嚴婆那天，是你指揮了那些捕快們？」

譚淵嗤笑。「我一個白身，拿什麼去指揮縣衙捕快？不過秉公辦事罷了。」

「那你認識他們吧？」蘇如意想了想，那天他們雖然裝作不認識的樣子，可是細想，卻有很多奇怪之處。

比如，她明明也是嚴婆的人，還偷了東西，可譚淵隨便跟捕快說一聲，捕快就讓他帶她走了，這是一個白身能辦到的嗎？

譚淵扭頭看她。「妳想說什麼？」

蘇如意咬了咬唇。「不知道那些姑娘怎麼樣了？還有鄭曉雲，她真的什麼都沒做過。」

譚淵對誰是鄭曉雲沒興趣，反而問她。「妳呢？妳做過幾回？若是新婚夜偷不到東西逃跑，難不成真要跟人圓房？」

蘇如意驚愕。「你說什麼呢？我這是第一回。」

譚淵面不改色地扭過頭。「不過問問罷了。」心裡卻鬆了口氣。

蘇如意不是古代姑娘，沒那麼死板，不然她與譚淵同在一屋睡了那麼多晚，又有了成親的名義，就不會想著離開了，但也不想讓別人誤解自己。

見蘇如意不說話，譚淵以為她生氣了，輕咳一聲。「下回去縣裡，我會打聽一下的。」

蘇如意這才彎唇。「謝謝。」

小丫頭脾氣來得快，去得也快，沒有半點心機。

譚淵心裡好笑，難怪別人沒被抓，她頭一回犯事就被逮住了。

回去後，蘇如意又開始處理那些材料，譚淵手裡也拿著幾根藤條編東西。

沒一會兒，譚星風風火火地跑來，一邊編傘、一邊跟蘇如意說話，好像壓根兒沒看到他這個二哥似的。

譚淵沒見過譚星這麼黏過誰。從小石頭出生後，他娘便一心撲在孫子身上。

這回，譚星倒是有伴兒了。

另一邊，周志坤氣沖沖地回了家，周成忙問他怎麼了，便把事情講了一遍。

「這分明是貪心不足！」

周成的妻子楊婉倒茶的手頓了頓。「譚淵的妻子，真的這麼厲害？」

周成若有所思地看她一眼，沒說什麼，回房後才問：「怎麼？妳對他媳婦很感興趣？」

楊婉抿唇，不作聲。

周成冷笑。兩人成親後，她總是冷冷淡淡，當誰不知道她的心思呢。

「既然這麼惦記，當初為何不嫁給他？人家可是為了救妳而沒了腿，現在卻來我跟前關切？我告訴妳實話吧，他那新婚妻子不但手藝好，模樣更是長得水靈，譚淵怕早把妳拋到九霄雲外了。」說罷，摔門而出。

楊婉的小臉霎時刷白。

第七章

今天是小石頭的生辰，周氏和大房的人沒上山。

小石頭無聊，沒一會兒又來二房，要譚星跟他玩。

譚星哄他。「小姑還有事要做呢，做完這把傘再陪你。」

小石頭放下彈珠檯，圓溜溜的眼睛在屋裡看來看去。

譚淵打量半晌，開口問他。「找什麼呢？」

小石頭人小，沒心機，脆生生道：「娘跟爹說，二嬸肯定還有好東西。」

他說著，湊到蘇如意面前。「二嬸，是不是還有像彈珠檯這麼好玩的呀？」小臉上一片天真。

蘇如意停住手，緩緩望向他，連譚星都僵住了。「小石頭，你瞎說什麼呢？」

若真是小孩子貪玩也罷了，但這是一個大人說出來的話，這算什麼？當大嫂的貪圖弟弟跟弟妹的東西？丟不丟人?!

自家人說出這種話，譚淵和譚星都覺得臉上掛不住。

譚淵沈了臉色，起身拄枴杖。「走，跟我去見你奶奶。」

蘇如意先想開。「算了，可能是夫妻倆說幾句閒話，被孩子聽見了，哪裡值得告狀。」

譚淵卻十分堅決，語氣更嚴厲了幾分。「走！」

小石頭嚇得一激靈。這個二叔平時就不怎麼可親，這麼一凶，他更害怕了。

蘇如意清楚，譚家的事，她不方便摻和，忙戳譚星的肩膀。「快，跟去勸勸。」

譚星應下，忙小跑著去了周氏房中。

周氏正縫衣服，小石頭跑進來，看見疼愛他的奶奶，一癟嘴，委屈地哭了。

周氏忙放下針線，把孫子摟過來。「這是怎麼了？摔了，還是碰了？」

小石頭不敢告狀，光是哭。

譚淵跟譚星緊跟著進來，周氏上下打量小石頭，沒瞧見他受傷，便問他們。「小石頭怎麼了？」

「娘自己問他。」

周氏看得出來，孫子這是惹次子生氣，被教訓了，捧著小石頭的小臉，替他擦眼淚。

「小石頭，跟奶奶說，出了什麼事？」

小石頭這才抽抽噎噎道：「我、我只是去二嬸房裡看看，還有沒有好玩的。」不是他隱瞞，而是他根本不知道他們是為了哪句話生氣。

周氏不悅地看譚淵。「小石頭不過是貪玩了點，你媳婦兒就不高興了？」

譚星忙替蘇如意解釋。「二嫂沒有不高興，還讓我攔著二哥呢。」反正二哥是她娘的親兒子，揹個黑鍋也不會被記恨。

「那是怎麼了？你這當二叔的成了家，出息了？這麼愛管教，自己生一個，愛怎麼管就怎麼管。」

譚淵不跟自己護短的娘一般見識，在椅子上坐下。「石頭，你把剛才說過的話再說一遍。你到底為什麼去我們屋子找東西？」

小石頭看著周氏，委屈道：「是娘說二嬸屋裡肯定有好東西的。」

周氏皺眉。「你娘讓你去的？」

小石頭忙搖頭。「我睡覺。娘跟爹說的。」

看來，是齊芳跟譚威嚼舌根，不小心被小石頭聽見。小孩子記在心裡，可不就去找了。若真是齊芳教的，肯定會叮囑小石頭，不要供出她。

周氏頭疼了。「你大嫂那個人，你還不知道？大毛病沒有，就是有點摳門，小肚雞腸，八成是眼紅你媳婦兒好看，手藝又好，背地裡酸幾句。你不高興，衝孩子發什麼脾氣？」

譚淵冷哼了聲。「我為難她幹什麼？我為的是譚家的苗子。」

「好了好了，娘回頭說她。」

見周氏沒把這件事放在心上，譚淵起身道：「大嫂那麼大的人，性子已經定了，小石頭卻是剛懂事的時候。她是沒教孩子，可孩子耳濡目染，最愛有樣學樣。娘想讓小石頭讀書識字，若性子歪了，怕是讀了書，也是個有辱門楣的道貌岸然之徒。」說完，便出去了。

譚星讓路，等譚淵走遠了，才小心翼翼看向周氏。

周氏沒來得及生氣，事關他看重的大孫子，將話聽進去了。雖然二兒子說得太嚴重，但大兒媳婦確實影響了孫子的品性。

「叫妳大嫂來。」

譚星聳了聳肩，跑去叫人。大嫂處處不如二嫂，但替譚家生下孫子，她娘對她還不錯。可是，今日發生這種事，就不能輕輕放過了。

齊芳一進門，便瞧見兒子的紅眼圈，忙道：「小石頭怎麼了？」

小石頭剛想撲過去，被周氏一把拉住。

周氏說了什麼，待在屋外的譚星不知道，但她趴在窗戶邊，發現齊芳紅著眼睛出來，還狠狠瞪了她這邊一眼，忙縮回腦袋。

譚淵出門了，譚星小聲道：「大嫂肯定挨罵，都哭了。」

蘇如意無奈地搖搖頭，反正這件事跟她沒關係，她問心無愧。

齊芳一回去，就向自己的男人抱怨。

「我不就閒聊幾句嗎，哪知道兒子醒了，算個屁事啊！他們就看我這麼不順眼？還要去告一狀。」

譚威手裡編著筐，雖也覺得周氏小題大作，還是勸她。「總歸這話傳到人家耳朵裡不好聽，以後注意些就是了。」

齊芳恨恨地洗把臉。「肯定是那個狐媚子挑唆的。她本來就不喜歡我，現在還利用小石頭，二弟早被她迷得沒了心智。」

譚威往二房瞥了一眼，心想他身邊要是有這麼個嬌柔美人，也得寵著哄著啊，嘴上卻道：「二弟不是這種人。別多想了，快做飯去吧。」

譚星這邊，傘早就做好了，打量蘇如意手上的東西，原來是個風箏。

這風箏糊了好幾層紙，不然容易破，還剪成威風的老鷹模樣，黏在竹子做的骨架上。這會兒，蘇如意正在紙上畫圖呢。

以前譚星去縣裡時，見別人玩過，她娘卻沒閒錢買給她玩，興致勃勃地問：「這個也是要賣的？」

蘇如意搖搖頭。「這有什麼好賣的？風箏做不出個花來，除非材料好。」

譚星眼睛一亮，想起蘇如意送她的傘。如果在村裡拿了材料，做出來的東西卻要自己用，也需要給材料錢和屬於村裡的利潤，就是怕有人私下拿去賣。

「已經秋天了，秋高氣爽，正適合放風箏。」蘇如意伸展胳膊。「等做好了，妳跟小石頭去玩吧。」

譚星看看眉眼溫柔的蘇如意。「妳不氣小石頭啊？」

蘇如意好笑道：「我跟個六歲孩子有什麼可置氣的？倒是別讓妳二哥嚇到他。」

譚星笑咪咪。「二嫂已經有賢妻良母的風範了。」

蘇如意驀地紅了臉。「小孩子家，瞎說什麼？」

譚星是真心為二哥高興。「怎麼不是？妳都在替他打算了。」當初娘和大嫂都說二嫂不能信，不是好人，還是她的眼光好。

蘇如意回頭，忽然在她臉上畫了一道。「妳還敢打趣我，看我把妳畫成花臉貓！」

譚星笑著躲，兩人頓時鬧成一團。

待在廚房的齊芳聽見二房傳出的動靜，指甲掐進肉裡。

她挨了罵，她們倒高興得很。老二且不說，小姑子也被蘇如意拉到同一個陣營去了，連婆婆都……蘇如意才來幾天啊？長此以往，她在這個家還能安穩嗎？

晚上吃飯時，小石頭又小聲埋怨飯菜沒有中午的可口，齊芳氣得飯都沒吃。飯後，譚星拉著小石頭去了自己屋裡。「你看，這是什麼？」

小石頭沒玩過風箏，不解地看著威風凜凜的大鳥。

譚星教了他，說過兩天帶他出去玩，還說這是二嬸特地做給他的。

不管大嫂怎麼樣，小石頭總是她的親姪子，是譚家的血脈，她當然不希望他跟家裡人有嫌隙，將來鬧得不睦。

小石頭滿心就是玩，一聽又是二嬸送他的，那點委屈早就煙消雲散了。

蘇如意忙了整天，夜裡才去屏風後擦洗身子。

譚淵往往等她拾掇完了，自己再漱洗，此時正坐在一旁喝茶。柔和的月光下，厚厚的屏風後，還是能隱約照出她玲瓏的曲線。

譚淵握著茶杯的手有些緊。她的月事應該還沒結束，等身上乾淨，就能圓房了。

他不算多喜歡這個小妻子，可除了她被人牙子脅迫偷錢的事，其實沒什麼毛病可挑。他低頭看看缺了的左小腿，就算失去半條腿，也不差什麼，能賺錢也能當男人。她是他買來的，理應接受他。

蘇如意不知道譚淵千迴百轉的心思，漱洗後才走出來，熱水熏得皮膚白裡透紅，墨髮全散下來，襯著一張小臉更小、更精緻。

「我將水倒了，再舀一點給你。」蘇如意自然道。她不覺得自己在伺候人，只當是照顧老弱病殘。

譚淵喉結滾動。「嗯。」

這天夜裡，譚淵作夢了，夢到他的兩條腿都好好的，夢到他將蘇如意抱上床榻，將那件礙眼的中衣撕掉。

但她身上是什麼模樣，他怎樣都看不清。

隔天早上起來，底褲有絲異樣，他愕然感受許久沒有過的情況，俊臉慢慢燙了起來……

有了風箏，譚星和小石頭一天也等不及，第二天就要去玩，還要拉著蘇如意一起去。

蘇如意以肚子不舒服為由拒絕了，譚淵便讓六子陪兩個孩子去玩。

蘇如意身邊終於沒了跟前跟後的譚星，開始動手做絹花。

絹花分直接用髮帶綁在頭上的和嵌在簪子上的，她各做了兩朵，簪子到時候讓林掌櫃準備就是了。

布料還剩一點，她便幫譚星那丫頭堆了一朵絹花，也好解釋當日買紗布的用途。

她把做好的絹花收在匣子裡藏好，等著再去集市的機會。

中午回來時，譚淵帶了村長的回覆，說是答應了。

周氏一聽，居然有這麼好的事，別人做一把傘，就得分給他們兩文錢，心裡因為昨天大孫子的事而生出的一丁點不悅也沒了。

吃飯時，齊芳一直沈默不語，等回了房才憋著氣道：「她出盡了風頭，以後娘怎麼還肯看重我？」

譚威看著天天東想西想的媳婦兒，覺得無奈，又有蘇如意那樣一個溫柔能幹的人比較，沒心情多哄她，實在聽得厭煩，才出了聲。

「妳管那麼多幹什麼？她再能幹，不也是替譚家賺錢？買了肉，不也是一起吃？再說了，咱們這裡還有小石頭呢，娘寶貝得跟什麼似的，還能虧待了他不成？」

齊芳想了想，好像也對，但又想到譚淵的情況，萬一蘇如意也生了兒子呢？不知道譚淵不能圓房的事，是不是真的？

她湊過去，低聲問譚威。「我聽說老二傷了腿的時候，也傷了某處，是不是真的？」

譚威當然聽過這些傳言，不知真假，也不能瞎說二弟不行，便擺了擺手。「少聽那些亂七八糟的話，睡吧。」

齊芳了解自己的男人，要是假的，他直接就搖頭了。這麼模稜兩可的說詞，看來這件事八九不離十，心裡舒服多了。

蘇如意再會賺錢又怎樣？不能生兒子就永遠越不過她去。賺再多，也是替她兒子賺的。

蘇如意午睡起來，跟著譚星去大院兒。

從今天開始，她要教村裡的人製傘。當然了，她不會出顏料，要村子裡買，肯定沒她用的好。一把傘多了幾文錢的成本，但仍比原來賺多了。

能多賺錢的手藝，還是很多人願意學的。這回她過去，院子裡的人比往常還多。

蘇如意真的很不喜歡人多的場面，便依據譚星的介紹，挑了五個手巧的，和三個有點畫畫天賦的教，再讓她們教別人。

岳瑩也在其中，因為好姊妹楊婉的緣故，她看蘇如意不順眼，也不得不承認蘇如意的手藝好。

蘇如意編的傘骨更複雜，但堅固很多。她一步一步地示範，然後指出大家的不足，溫柔又有耐心。

之前村裡不少人對蘇如意有偏見，看不起她，但現在有求於人，又見她這麼平易近人，一個下午相處下來，對她的態度已然好了不少。

周成站在門口，看著被人群包圍的蘇如意，眉眼溫婉，偶爾笑意盈盈。人越多，越凸顯她的耀眼。

以前，他的媳婦兒是村裡最好看的姑娘，所以他沒嫌棄她跟譚淵不明不白的一段感情。

可現在跟蘇如意一比，他的媳婦兒不僅外貌輸了一籌，天天愁眉苦臉，小家子氣的，更是上不得檯面。

譚淵因斷腿錯過了楊婉，怎麼反倒撈著這麼大的便宜？

蘇如意感覺到灼熱的目光，扭頭一看，見周成笑著朝這邊走過來。

「學得怎麼樣了？」

「有點難。沒關係，明天再學一天就差不多了。」岳瑩信心滿滿。

蘇如意壓根兒沒打算搭話。在她心裡，對她下過套子的周成跟他爹一樣，一肚子算計。

但周成很主動。「辛苦蘇姑娘了。」

蘇如意沒注意到他微妙的稱呼變化，在她心裡，也不覺得自己是譚家真正的媳婦，便搖搖頭。

「沒什麼，應該做的。」說完，她又專心看了起來。

周成又打量她一眼，才往外走。

奇怪，明明也是冷冷淡淡，蘇如意卻比他妻子勾人多了。

第八章

快到做飯的時辰，譚星才跟蘇如意一起回家。

剛進門，就聽見一陣嘈雜聲，兩人對視一眼，感覺有些不妙，忙往屋裡走。

周氏房中，齊芳哭得正凶，周氏也紅著眼圈幫榻上的孫子擦拭額頭。

小石頭的衣衫破爛，隱約可見血跡。

兩人嚇了一跳，譚星忙跑上前。「娘，小石頭怎麼了？」

齊芳扭頭一看，朝著蘇如意衝過來。「都是妳這個害人精！我兒子要是有個三長兩短，我要妳賠命！」

蘇如意一頭霧水，沒來得及防備她，慌亂中被她猛力推出門口，腳在門檻上一絆，摔在臺階下。

「二嫂！」譚星嚇一跳，忙又跑來扶蘇如意，對齊芳道：「大嫂，妳幹什麼?!」

齊芳淚流滿面。「都是因為妳！要不是妳，我的小石頭也不會……」

話音未落，譚威急匆匆領著岳郎中來了，齊芳忙去守著兒子。

從始至終，譚星和蘇如意都不明白到底發生了什麼事。

「二嫂，妳沒事吧？」就算譚星不知道怎麼回事，但小石頭傷了，跟二嫂有什麼關係呢？她一直跟二嫂待在一起呀。

蘇如意的腿撞在臺階上，手也被地上的沙子劃破流血，頭髮略散，有些狼狽。她有些生氣，就算孩子傷了，齊芳衝她撒什麼氣，真把她當成譚家的下人？隨意嘲弄，想動手就動手？

「怎麼了？」譚淵也被人喊回來了，沒來得及關心姪子，便先瞧見坐在院中的蘇如意。

譚星扶起蘇如意，不滿道：「誰知道大嫂想幹什麼？我們剛回來，她就瘋了一樣，把二嫂推倒了。」

譚淵擰著眉。「我看看，傷到哪兒了？」

蘇如意心裡有氣，從譚星手中抽回胳膊，面無表情，一瘸一拐地回屋去了。

譚星這還是第一回看溫柔的二嫂冷臉，簡直比見到二哥發火還慌。「二哥，到底怎麼回事啊？」

路上，六子已經告訴她了，是小石頭貪玩，拿著風箏一起上山，光顧著追風箏，不小心踩空摔了。

譚星越聽，眉頭越緊。「這關二嫂什麼事，就因為風箏是二嫂做的？」

譚淵的枴杖撐在臺階上。「先進去看看孩子。」

岳郎中正在幫小石頭的傷口上藥，因為山坡不是很高，傷得不嚴重。

譚淵問：「岳叔，怎麼樣？」

岳郎中頭也沒回。「沒事，只是擦傷。大概是嚇暈了，等會兒就醒。」

譚淵放了心。「岳叔，再幫我拿一盒傷藥。」深如寒潭的眸子冷冷掃了齊芳一眼。

齊芳瑟縮了下，有點心虛地躲開了。

二房裡，蘇如意正在清理自己的傷口。

她本就細皮嫩肉，這種天氣穿得也薄，膝蓋擦傷一大塊皮，雖不嚴重，但看著挺觸目驚心的。

見到譚淵進來，她板著臉放下裙子，扭過頭不看他。

譚淵拉了張凳子，在她對面坐下。「給我看看。」

「不給。」跟賭氣的孩子一樣。

譚淵不管，直接抓過蘇如意的左手，果然破了皮，便打開藥盒，一邊輕柔地幫她上藥、一邊解釋來龍去脈。

蘇如意聽著，都忘了推開他，震驚道：「這不是她自己沒看好嗎，憑什麼怪我？」

「說好聽點，是她憂心孩子亂了心緒，其實就是故意遷怒於妳。」譚淵對這個大嫂的尊重，已經快被磨光了。
蘇如意氣得胸口有些起伏。「除了嚴婆的事，我沒對不起她什麼，她為什麼看我這般不順眼？我哪裡惹她了?!」
「有人就是喜歡把自己的平庸，歸咎於別人太優秀。」譚淵抬眸看她。「她自認是家世清白的良家女子，卻處處不如從人牙子手裡買來的妳，這就是不喜歡妳的理由。」
蘇如意差點氣得笑出來，剛想說話，譚淵好像發現她的裙子破了，抓住裙襬，就要掀開看，嚇了一跳，忙按住他。
「幹什麼？」
譚淵因為她的抗拒皺了皺眉。「我是妳夫君。」
蘇如意的俏臉紅了。「腿上的傷，我自己來吧。」
譚淵見她臉皮實在太薄，收回了手。「好。」卻沒有迴避的意思。
蘇如意覺得看看又沒什麼，前世她也不是沒穿過短褲嘛。小心地掀開裙子，蘸了藥膏，慢慢抹上去。
譚淵打量傷口，確實沒什麼大礙，卻被她盈潤白皙的小腿吸引了目光。
蘇如意絕對是他見過的女子中，皮膚最好的，白嫩細膩，沒有一點瑕疵。看著她纖細的手指一點點塗抹藥膏，動作既優雅，又賞心悅目。

上過藥，蘇如意才想起來問：「小石頭沒事吧？」

美景被遮住了，譚淵神色不變。「沒有大礙。她們平時過於嬌慣，由著他上山亂跑，也算是個教訓吧。」

蘇如意抿唇。「那我就不過去看了。」

譚淵知道她心裡還有氣。「等孩子醒了，我讓大嫂親自向妳道歉。」

換作往常，蘇如意多半會勸他算了。但齊芳那種人，她看得出來，她表現得越軟，齊芳越覺得她可以隨意揉捏，根本是個不知好歹的人。

既如此，就讓齊芳來道歉吧。

譚淵再去主屋時，岳郎中已經離開，小石頭也醒了。

譚淵上前，見他圓溜溜的眼睛亂轉，十分有精神，繃著臉問：「下次還敢嗎？」

小石頭縮了縮脖子，連忙搖頭。

齊芳心疼兒子，道：「他傷成這樣，二弟就別說他了。」

譚淵冷著臉。「他會這樣，是因為自己不懂事，是因為你們看顧不好。我想問問大哥，這跟如意有什麼關係？」

譚威有點替齊芳臉紅。「是她的錯，當時太著急了。弟妹沒事吧？」

「有事。」譚淵冷哼一聲。「腿和手都摔傷了，那些活計得耽擱幾天。」

一聽會耽誤做工，周氏也瞪了齊芳一眼。「妳多大個人了，動手幹什麼？那風箏是她做的，又不是她放的。」

「娘心裡清楚就成。」譚淵淡漠道：「別說如意是我媳婦兒，就算是下人或丫頭，也不能隨意打罵吧，這讓她以後在家裡怎麼抬頭？她才進門幾天，本來一心一意想為家裡操勞賺錢，若是因為一點小事寒了心，得不償失。」

周氏聽了，扭頭對齊芳道：「妳去向老二家的賠個不是。」

齊芳瞪大眼睛，她一個當大嫂的，低聲下氣給弟媳道歉，就能抬頭了？

知道齊芳是什麼德行的譚威拉住她。「趕緊去。」

眼看家裡連一個向著她的人都沒有，齊芳氣呼呼地抹了把眼淚，抬腳去二房。譚星也默默跟了過去。

蘇如意的膝蓋上包了一層薄紗布，微微滲血，安靜地坐在凳子上。

譚星快步走上前。「二嫂流血了？」

齊芳也沒想到蘇如意這麼嬌氣，硬著頭皮道：「弟妹，剛才是我太著急，莽撞了，妳別生氣。」

蘇如意扯了扯唇。「我也有錯，沒想到做個風箏都能惹事，以後不敢隨意送東西了。」

齊芳的嘴唇動了動，又憋屈、又生氣地走了。

譚星小心地掀開紗布，問蘇如意。「疼嗎？」

蘇如意搖頭。「沒事，看著嚇人而已，養個一、兩天就結痂了。」

「不會留疤吧？」瞧這筆直漂亮的腿，要是有疤就太可惜了。

「不至於。」

譚星嘆了口氣。「大嫂實在太過分了。妳也別跟她置氣，大不了以後離她遠遠的，處不來就處不來。我跟她也是這樣，表面上過得去就算了。」

蘇如意不想提齊芳，問道：「下次去賣貨是什麼時候？」

「幾天後了。二嫂也要去嗎？」

蘇如意點點頭。「我想去看看價錢，順便瞧瞧有沒有什麼賣得好的新東西可以做。」

晚飯，蘇如意沒去正房吃，譚淵乾脆讓譚星端過來，兩人一起在自己的屋子裡吃。

睡前漱洗時，蘇如意看著水盆，犯了難。手上的傷不嚴重，只要不碰到還是能幹活的，但是不能沾水。

譚淵道：「把水盆端出來吧，我擰了手巾，再遞給妳。」

蘇如意沒別的辦法，將水盆放在屏風另一側的凳子上，轉到屏風後面，窸窸窣窣地解開衣服。晚上的天氣還有些悶熱，不擦洗一下，根本睡不著。

譚淵洗了手巾，舉過屏風，那邊立刻伸出手來接，露出半截嫩藕般的手臂。

兩人僅隔一張屏風，離得近了，甚至能看到她從修長脖子擦到胸前的動作。

譚淵默默移開了目光，不想受這個罪。

終於擦洗完了，蘇如意低著頭出來，將水倒掉。

等譚淵也收拾好躺下，她才問道：「星星說過幾天要去集市，我可以去嗎？」

「嗯。」譚淵的聲音悶悶的。屋裡安靜下來，沒一會兒，便傳出她清淺的呼吸聲。

次日，蘇如意又去了大院兒。因為她身上有傷，就讓譚星教，她在旁邊看著，哪裡不對便指點一下。

岳瑩年輕又聰明，學得最快，美滋滋看了看自己的傘，遞給蘇如意。

「怎麼樣，不比妳的差吧？」

蘇如意看一眼，道：「再密一些就好了。」說完，拿給另一個擅長畫畫的人畫傘面。

岳瑩嘟了嘟嘴。她是編得不錯，可蘇如意能編還能自己畫，她卻不行。

快中午時，她拎著畫好的傘回家去，一進門便瞧見楊婉坐在炕上跟她娘說話。

「婉婉，妳怎麼過來了？」岳瑩笑咪咪湊過去。

楊婉笑了笑，拉著岳瑩去她屋裡。

「這就是妳正在學的傘？」

岳瑩點頭。「妳看，我編得不錯吧？我打算自己留一把。這種傘，用個幾年沒問題。」

楊婉細細看了看。「他……妻子的手藝挺不錯的。」

「嗯，是不錯，不過我不太喜歡她。」

楊婉好奇。「為什麼？」

岳瑩撇嘴。「怎麼說呢，太清高了，不過是個被人牙子賣掉的女人，卻一副誰都不想搭理的模樣，偏偏還是個會勾人的狐媚子。妳不知道，村裡多少男人來大院兒偷看她。」

楊婉心裡一緊，看來周成並非胡說氣她。

「那……淵哥跟她感情怎麼樣？」

岳瑩擔憂地看她一眼，低聲道：「婉婉，妳是不是還沒放下譚二哥啊？」

楊婉嘴角一僵。「不是，他的腿是因為我傷的，我也希望他能幸福。」

「那我就不知道了，我沒見過他倆湊在一起的時候。不過，譚星跟她倒是親近得很。」

楊婉心不在焉地點點頭，又摸了摸那傘，忽然道：「下午，我也去學一學吧。」

「啊？」岳瑩一愣。「妳不是最不愛擺弄這些了嗎？」

「跟妳這把一比，我家裡那把又素又皺，我也不賣，就替自己編一把。」

岳瑩樂呵呵，沒有多想。「行，妳來吧，到時候我單獨教妳。」

下午，蘇如意和譚星去大院兒時，發現岳瑩身邊坐了一個面容清秀，如小家碧玉般的年輕媳婦。

蘇如意並不在意多了個人，倒是旁邊的譚星臉色微變了變。

岳瑩介紹道：「這是周大哥的妻子楊婉。婉婉，這就是蘇如意。」

蘇如意一進來，楊婉就看見了。如此出眾的女子，想讓人不注意都難。

蘇如意點了點頭，算是打招呼。

村裡人都知道，楊婉差點嫁給譚淵，雖說沒訂親，可兩家人都默認他們是一對。要不是譚淵傷了腿，恐怕現在早成親了。

見楊婉和蘇如意碰在一塊兒，大家觀望的眼神別有深意。

楊婉怔怔地看著在中間凳子上坐下的蘇如意，覺得她出眾得根本不像是這種地方的人。

周成說得沒錯，譚淵身邊有了這樣的小嬌妻，是不是早忘了她呢？

當初，譚淵為了救她，連命都不要了。要不是爹娘逼她，她真的不嫌棄他的殘疾。

楊婉越想越心酸，越想越心焦。雖然她已經嫁人，可內心深處，仍自私地希望譚淵心裡只有她一個人，不想要他對別的女人那般好。

岳瑩悄悄打量楊婉的臉色，心裡明白了，她分明不是來學傘的。但不舒服又如何，現在她和譚淵已經不可能了。

「這裡錯了。」蘇如意輕輕柔柔地開口。「這裡的竹條要壓著，不然很容易散。」

楊婉詫異抬頭，見蘇如意正盯著她手裡的傘骨。剛才她心不在焉，根本沒注意怎麼編。

「我學不會，先回去了。」楊婉在眾人的注視中起身。她來，只是想看蘇如意一眼，若是被周成瞧見，徒惹他發脾氣。

譚星看她走遠，鬆了口氣，她可沒打算多嘴，以免影響二哥夫妻的感情。何況比起忘恩負義的楊婉，她更喜歡蘇如意。

晚上回了家，譚星把譚淵叫到她房內。

「二哥，村人嘴碎，你跟楊婉的事，會不會早晚傳到二嫂的耳朵裡？」

譚淵並未放在心上。「那又如何？」

譚星好奇地湊過去。「什麼如何？楊婉分明是特地來瞧二嫂的，心裡說不定還惦著你呢。你怎麼說？喜歡她，還是二嫂？」

譚淵說不上來，但讓他選，他還是會選那個跟小兔子一樣，偶爾犯點傻氣的小女人。

他伸手戳譚星的腦門。「妳才多大？嘴裡就喜歡呀愛呀的。輪得到妳操心妳哥的事？」

譚星撇嘴。「我是怕你犯糊塗。以前，我覺得楊婉挺好看的，結果今天兩個人站在一起，她比二嫂黑不說，臉蛋跟氣質都比不上，穿得比二嫂好也沒用。二哥，你是因禍得福。」

譚淵心裡一動，想起蘇如意僅有的兩條裙子。天氣馬上要轉冷，她連件冬衣都沒有。吃穿的錢都是由公中出的，他出了譚星的房間，去找周氏。

周氏不可能不替兒媳婦做衣裳，聽了便道：「秋裝跟冬裝各做兩套吧。」

譚淵拿了銀子，打算等去集市那天，帶蘇如意去扯布，讓她挑喜歡的顏色。

第九章

蘇如意休養了幾天，腿傷還沒完全恢復，但已經不疼了，早早起來做了早飯，等著一起去集市。

因為小石頭的傷還沒完全好，這回周氏和大房的人不去，只有她和譚淵帶譚星出門。

這段日子，夠繞山村的人攢下不少東西，有各種筐、傘、竹簍什麼的，也有山貨和獵物，足足裝了三輛驢車，分幾批人擺攤去賣。

蘇如意他們坐的是六子趕的車，周成坐在後面那輛驢車上，可以光明正大地看側坐著的蘇如意。

她的衣裳和髮髻仍是那麼簡單，臉上也沒抹水粉，時而跟譚星說笑。

他忽然好奇，譚淵對這個妻子究竟如何？任何男人娶到這種妻子，都會捧在手裡，但他是否還念著楊婉，又或者……真的不行？

他動了動身子，看向坐在另一側的譚淵。

譚淵正在跟趕車的六子說話，看不出什麼。他一向是冷冷的，周成難以想像，他對女人熱絡會是什麼樣子。

周成腦子裡忽然冒出一個荒唐的想法，若譚淵還惦記著楊婉，送他又何妨？反正那女人心裡一直念著他，然後叫蘇如意跟了自己……

光是想想，他的胸膛就一片火熱。

蘇如意不知附近有人在覬覦她，還冒出如此噁心的念頭，正在考慮怎麼甩開人，將絹花送去給林掌櫃。

「星星，咱們也要擺攤嗎？」

「不用，我們玩我們的，二哥讓我照顧妳呢。」

蘇如意瞥譚淵一眼，暗暗怪他多事。「妳比我小，照顧我什麼？我又不是小孩子。」

譚星笑道：「誰讓妳是我嬌滴滴的小嫂子呢，連女人們都想多看妳幾眼，二哥才不放心妳落單。」

任由譚星如何說譚淵的好話，蘇如意都認為譚淵是讓譚星來監視她的。既然甩不開，便又想了個辦法。

「星星，妳看這個。」她拿出之前為譚星做的絹花。

譚星一眼就認出這是上次買的紗布塊，驚喜地接過。

「好漂亮！這是二嫂做的？」

「嗯，我幫妳戴上。」蘇如意用上面的髮帶，將絹花綁在譚星的髮髻上，粉色荷花在淡綠色荷葉間綻放，襯得人更俏皮幾分，譚星喜歡極了。

蘇如意這才小聲道：「等會兒咱們單獨去逛逛，我想看看有沒有鋪子需要這種絹花，先別讓村裡的人知道。」

譚星經過教傘那件事，也明白輕重。「行，包在我身上。」

到了集市，繞山村的村民開始張羅著占地方擺攤。現在時辰太早，除了攤子，鋪子大多沒開。

蘇如意不急。除了擺攤，村裡還把東西賣給一些鋪子，她好奇到底能賣多少錢，便跟著去看看。

「來了？」看見周成，掌櫃熟悉地招呼他。「這回多少？」

周成手裡拿著一把傘，笑道：「這回可是有新東西，您看看。」

掌櫃接過來，嘩啦一聲推上去，眼睛頓時一亮。「這是你們村子裡做的？」

「那當然。」周成看蘇如意一眼。「您估個價吧。」

掌櫃雖然喜歡，但商人本性，壓了五文錢，一把想用二十五文收。

周成當然不依，掌櫃沒辦法，又看了剩下幾把，把蘇如意和其他人做的分開。

「這一批不但更精密結實，畫工更精，連顏料的品質也不一樣。另一批差些的，最多二十五文。」

周成扭頭去看蘇如意，蘇如意搖了搖頭，她也沒辦法。手藝可以熟能生巧，畫畫卻是需要天賦的。

最後，大家說好，蘇如意做的一把三十文，其他人做的一把二十五文。

出了鋪子後，周成向蘇如意攀談。「一把少了五文，爹那裡怕是不好交代。」

蘇如意聽出他的暗示，卻完全沒有要善解人意的意思。「便是二十五文，也比以前多了十文。周公子該不會還要剋扣那可憐的兩文吧？」

她語氣中帶了淡淡的揶揄，周成聽得心癢癢的，長這麼大，還沒人稱呼他為公子。

看完傘，蘇如意拉著譚星的手。「你們忙吧，我和星星去逛逛。」

到了上回的店鋪，蘇如意左右看了看。

「今天咱們村裡的人多，星星幫我看著，我盡快跟掌櫃談一談。」

店門剛開，蘇如意就進去了。「林掌櫃，還記得我嗎？」

這麼個小地方，還真少見到她這樣的美人，又沒隔多久，林掌櫃自然記得。

「小娘子莫不是真做了絹花？」

蘇如意將手裡的布包打開，拿出裡面的匣子。「我的材料有限，不知掌櫃可否拿些珠子、穗子和簪子來？」

林掌櫃自然是要先看看東西的，打開匣子，目光頓時就被吸住了。

裡面一共四朵絹花，第一朵是淡黃色的桂花，小小的花瓣高低錯落，周圍有綠葉圍繞，桂花頂端停著一隻栩栩如生的藍翼蝴蝶。

這種花和蝴蝶的樣式並不少見，但一樣的東西，不同的人做出來，可能就天差地別。

他拿在手中小心打量，發現布料並不好，顏色是用染料所塗。但光看這手藝和最後的成品，已然足夠驚豔。

第二朵是兩片枯黃的楓葉，托著上面漸漸變成粉色的桃花。小花上頭，還有一朵豔麗無比的玫瑰，呈現出不同的層次與色彩。

第三朵素淨一些，是用淺黃與淺綠紗布堆的荷花，清新淡雅。這款她做了兩朵，送了一朵給譚星。

最後一個就華麗多了，是紅黃藍三色的牡丹，雍容大器。

林掌櫃是內行人，神色變得很快。拋開布料不說，光是這些樣式和手藝，就是高級繡娘的級別。

「小娘子稍等。」

因為沒多少工夫，譚星還頻頻往鋪子裡看，蘇如意見林掌櫃拿出一盒子飾品，飛快挑了幾樣，往絹花上裝飾。

林掌櫃見到她俐落的手法，和恰到好處、畫龍點睛般的搭配，就知道絹花肯定是她親手做的，心思頓時活絡起來。

還沒等蘇如意先開口，林掌櫃便道：「是我有眼不識珠。這些絹花，本店高價收了。」

蘇如意說：「這些樣式雖好，但布料次等，還用了店裡這麼多東西，您看著給就是。」

林掌櫃猜想，她上次來了這麼一齣，應是有意合作，卻不清楚她的背景，便問：「不知小娘子可有為哪家繡樓做工？」

蘇如意搖搖頭。「不瞞掌櫃，婆母不喜我拋頭露面，但我又想賺錢補貼家用，不得已，才找到這裡來。」

林掌櫃看著蘇如意的臉蛋，頗能理解。「小娘子說吧，想怎麼合作？」

蘇如意有些為難道：「我手裡沒什麼錢，置辦不了那麼好、那麼齊全的材料。不知掌櫃放不放心先給我材料，我做好東西再拿過來？當然了，可以簽書契。」

林掌櫃面上閃過一絲猶豫。這手藝，他可以放心，但對方不知根、不知底，他是做小本生意的，不敢隨意應承。

他又看了看蘇如意做好的絹花，實在捨不得錯過，大不了賠個幾錢或幾兩。

「行，就這麼辦。」

「多謝掌櫃。」蘇如意道：「還有一事要煩勞您。」

她低聲跟林掌櫃嘀咕一會兒，兩人正式簽了書契。蘇如意又從店裡挑了些綢緞和飾品之類的材料，這才離開。

譚星忙跑過來。「二嫂，怎麼這麼久，談好了嗎？」

「嗯。」蘇如意拿出書契給她看。「店裡提供材料，我出手藝，賺個辛苦錢。」

譚星不識字，但眼睛還是一亮。「這回不用分錢給村裡了吧？」

蘇如意搖頭。「人多眼雜，回去再說。」

譚淵不用守著攤位，見兩人回來，便領著她們去布店。

他直接將兩錢銀子交給她。「就這麼多，妳挑幾身做秋冬的衣裳。」

蘇如意有些意外，沒想到他會主動想起幫她做衣服。

譚星捂嘴笑了笑，拉著蘇如意開始挑布。

最後，蘇如意挑了一疋絳紅的、一疋藍色印花的，還有一疋淺杏色的。等師傅量了尺寸，下次再來取衣裳。

這回沒什麼可買的了，幾人也轉累了，老老實實坐在攤子前，等著賣完貨物回家。

譚星嘴饞，央著譚淵買了半包瓜子給她，和蘇如意邊嗑瓜子邊看六子熟絡地賣貨。因為有個大美人在，真有不少人圍過來看，不知是看人還是看貨。

「哎？這不是譚二哥嗎，你們也來啦？」頭頂響起一個熟悉的聲音，幾人不約而同地瞧過去，竟是齊芳的弟弟齊勇。

譚淵立時擰起眉。「你怎麼來了？」

齊勇不見外地往車上一坐，笑道：「我娘縫了點繡活，讓我拿來賣。剛要回去，就瞧見你們了。」說完，不動聲色地朝蘇如意看去。

譚星坐在蘇如意左邊，他只看到半個腦袋。「我姊夫他們沒來嗎？」

譚星嘴快道：「前幾天小石頭受傷了還沒好，大哥他們在家照顧呢。」

譚淵扭頭瞪她一眼，譚星愣了下，便聽齊勇一臉擔憂道：「什麼，小石頭傷了？怎麼沒人去跟我們說一聲？我也去瞧瞧。」

譚淵左手攥著枴杖。「不嚴重，孩子嬌氣而已，過兩天就能跑能跳了。」

這麼好的機會，齊勇怎麼可能放過。

「不行，我娘最疼這個外孫，我看過才放心，等會兒勞駕搭個車了。」

他嘴裡擔心著，目光裡卻滿是雀躍。

一個上午過去，除了剩一點山貨，其他東西全賣光了。
回去時，少了貨物，車廂一下寬敞起來。
蘇如意正打算上車，譚淵淡淡道：「男人們都去坐後面的車。」
兩個乘機想上第一輛車的男人摸了摸腦袋，乖乖去後面坐車。原本齊勇已經坐上來了，聽見這話，嘴角僵了僵，無奈地跳下去。
有位大嬸爽朗地笑道：「就你們心眼多，難道譚二不知道自己的媳婦兒招人稀罕啊？」
蘇如意被鬧得臉紅。「嬸子別瞎說。」大嬸跟她學製傘好幾天，說話就是這樣。
大嬸連連點頭。「好好好，這臉不僅嫩，還薄，怪不得譚二不想給人看呢。」
齊勇跟其他人聊不來，時不時偷看前面的蘇如意。
他知道繞山村每個月進鎮裡賣貨的日子，沒理由去姊姊家，就來鎮上等，沒承想蘇如意真來了。這些日子，他可是天天白天想，夜裡想的。
周成不動聲色地觀察他半晌，才道：「齊兄弟要去令姊家裡嗎？」
齊勇忙轉回腦袋。「是啊，我外甥不小心摔了，我去看看。」
「聽說齊兄弟現在還沒成家，譚家大嫂還幫你打聽過親事呢。」
齊勇聽了，不由往蘇如意那裡看。之前他是挺著急的，可現在忽然不那麼想娶了。「是還沒有。」

周成親切道：「男人都是先成家再立業。家裡冷冷清清的，賺再多錢有什麼意思。」

齊勇跟周成不熟，不知他突然聊這個幹什麼，只能訕笑。「沒遇到合適的人家，這種事急不來。」

「我媳婦兒有個好姊妹，明年也要十八了，模樣水靈聰明，她家的人讓我幫著物色對象呢。我看齊兄弟的模樣也算周正，要不，替你牽個線？」

齊勇心裡一動，不知那姑娘比起蘇如意怎麼樣？登時換上一副笑臉。

「果真如此？那有勞了。」若真能入他的眼，就是東拼西湊，也得娶回來。到時候，他還用得著眼饞別人的媳婦兒嗎？

於是，兩人約好，等齊勇看過孩子，就去找周成。周成讓他先別跟其他人說，免得影響姑娘的名聲。

回去後，譚家人已經先吃過飯，留給譚淵幾人的飯菜放在鍋裡。

齊芳沒想到齊勇會來，道：「什麼事啊？你怎麼跟著一起來了？」

「在集市碰見的。聽說小石頭受傷了，我來看看。」

齊芳瞅了瞅他，兩手空空，還說來看外甥，白他一眼。「去吧。」

齊勇去看小石頭，安慰幾句便出來。「姊，那我先走了。」

齊芳詫異。「大中午的，你不吃飯了？」

「不了，我還有事呢。」

齊勇出了譚家，就去村東頭的村長家裡。

周家人也吃過了飯，周成讓楊婉幫他打了壺酒。

兩人在廚房擺了張小桌子，桌上還有肉菜。齊勇先嘴饞地抿一口酒，看周成的目光更親切了。

「周兄不愧是村長的兒子，連待我一個外村人都這麼熱心。」

「這叫什麼話，你姊姊嫁過來，就是繞山村的人了，能照顧到的，當然不會吝嗇。」周成笑著，替他挾了一筷子肉。

兩人邊喝酒邊談，很快熟絡起來，齊勇才向周成打探。「不知周兄說的是哪家姑娘？」

「是我們村裡郎中的女兒，叫岳瑩，聰明手巧，也到該嫁人的時候了，之前你嫂子還讓我幫著打聽呢。」

一聽是郎中的女兒，齊勇有些心動了。郎中可是非常受尊敬的，而且還賺錢，算是有頭有臉的人家。

周成打了個酒嗝，喊楊婉過來，說了這件事。

「妳喊岳瑩過來，讓他們見一見。」

楊婉莫名其妙地看著周成。齊芳確實在村裡替齊勇打聽過，所以大家知道齊勇的情況，家裡窮困不說，還死過一個妻子。岳瑩可是正兒八經的黃花大閨女，兩人怎麼可能相配？

她一動不動，周成不悅道：「怎麼，現在我說話，妳都不聽了？」

楊婉捏了捏手指。「就算要相看，也得兩家大人先見過，答應了再說，不急著讓他們見面吧？」

這時，周成忽然爆發，一副喝多了的樣子，拍桌而起。

「什麼？非得大人先看過？妳當初……嗝，當初跟譚淵私訂終身的時候，怎麼沒讓父母先訂親？輪到岳瑩就不行了？」

楊婉睜大眼睛，白著唇看他。「你胡說什麼？」

齊勇更是震驚無比地看著楊婉，她竟跟譚淵有一腿，那譚淵怎麼娶了蘇如意？

周成哼笑一聲。「難道不是？妳的一顆心還在他身上，他怕是也對妳念念不忘，不然怎麼會放著嬌滴滴的妻子不碰？一對狗男女！給老子滾！」

他說完，雙眼一翻，栽倒了。

被周成當著外人的面如此羞辱，楊婉也不管他醉不醉，一跺腳，跑回屋收拾行李了。

齊勇雖然有點慌，不過還是將周成揹起來，放到炕上，趕緊離開了周家。

出了周家後，齊勇的腳步越走越慢。

雖然說親不成，但他知道了兩件重要的事。

譚淵成了親，卻同有夫之婦有瓜葛。而且，他真的沒碰蘇如意。

蘇如意是從外地嫁來的，而且時日尚短，看她對譚淵的態度，肯定還不知道譚淵跟楊婉的事。

如果他把這些事告訴蘇如意，她怎麼還可能死心塌地跟著一個有二心的瘸子？若能進而哄騙她的身子，就算不能娶她，以後也可以尋機會來找她快活。

齊勇的算盤敲得叮噹響，整了整衣襬，轉身去了譚家。

而楊婉拿了行李後，立刻回了娘家。她的娘家也在繞山村，很快就到了。

她一回去，便哭著對她娘楊大嬸發起脾氣。

「都是您貪戀他家的虛榮，根本不管我的死活。哪怕淵哥再窮再殘，我跟著他，過得也踏實，不需要每天瞧著人家的臉色，還被他天天猜忌，說我不清白。這日子我不過了，我要和離！」

左鄰右舍聽得清清楚楚，敢情楊婉因為譚淵，跟周成鬧翻了！

第十章

蘇如意對這一切全然不知，累了一上午，好好睡了個午覺後，打算開始做絹花。

想跟林掌櫃長久合作下去，肯定瞞不了總黏著她的譚星，但從中能撈多少油水，她還是可以操控的。

只是，她還沒動手呢，忽然有人敲門。

二房的屋子，不是譚淵回來，就是譚星過來，誰會敲門啊？

「進來。」

吱呀一聲，蘇如意扭頭看去，居然是齊勇，起身道：「你不是走了嗎？」

她剛睡醒，頭髮還沒盤，只鬆鬆挽了起來，露出白嫩纖細的脖子。

齊勇的喉頭動了動，朝屋裡看了一眼。「譚二哥不在嗎？」

蘇如意以為他是來找譚淵的。「他出去忙了，你去大哥屋裡等等吧。要不，去村裡大院兒找他也行。」

孰料，齊勇非但沒走，反而進來，還把屋門關上。

蘇如意詫異地看著他，就算再遲鈍，也察覺出不對勁了。別說這是古代，就算是現代，兩個不熟的男女，也不好這樣獨處一室吧？

她警覺地往後退了一步，不再客氣。「出去。」

齊勇一臉擔憂。「蘇姑娘不必害怕。外面的事，妳還不知道嗎？」

蘇如意擰眉。「什麼事？」

齊勇生怕她不給他機會說話，忙道：「妳有所不知，周成的媳婦兒楊婉和譚二哥，原本是你情我願的一對，到現在還藕斷絲連呢，我這是不忍心妳被蒙在鼓裡啊。」

蘇如意愣了愣。「你說什麼？」楊婉這個名字耳熟，仔細一想，不就是那天岳瑩帶來的小媳婦？當時楊婉確實盯著她出了神。

齊勇以為她動搖了，打鐵趁熱道：「不信，妳自己出去打聽，楊婉都要為了譚二哥跟周成和離了。」

他說的是真是假，蘇如意不知道，但特意來她面前搬弄是非，目的肯定不單純，便冷聲趕人。

「你再不出去，我就喊人了。都是親戚，我不想鬧得太難看。」

齊勇沒打算在這裡幹什麼，他的目的已經達到，以後的事，還需要徐徐圖之。隨後意味深長地看蘇如意一眼，便飛快開門走了。

蘇如意緩緩坐下，難怪譚淵一直沒有圓房的打算，她以為他是介意原主偷錢的事，原來另有隱情。

要是楊婉和離了，譚淵會不會放了她，再跟楊婉破鏡重圓呢？

蘇如意忽然聽說這件事，也沒心思弄絹花了，心不在焉地將頭髮盤好，起身去敲了譚星的門。

譚星打著哈欠出來。「二嫂，怎麼了？」

蘇如意拉著她進屋，開門見山道：「星星，妳二哥和楊婉是怎麼回事？」

譚星立時被嚇醒了，瞪著眼睛道：「二嫂，妳聽別人說了什麼？」

瞧這反應，定然有事。蘇如意不愛譚淵，可兩人畢竟是名義上的夫妻，有些事還是要知道，便靜靜等著她說。

譚星被蘇如意看得發慌，忙道：「不要誤會，我二哥絕對沒有對不起妳。」

蘇如意冷靜得出奇。「他當然沒對不起我，我只是想知道怎麼回事。」

譚星抓抓頭髮。「那時候，我才十歲，只知道兩家差點訂親，二哥的腿也是為了救她才斷的。後來，不知怎的，楊婉就嫁給周大哥了。別的，我真的不知道，也沒人跟我說。」

蘇如意面色變了變。譚淵的腿，竟是因為楊婉斷的？那是多深厚的感情啊。

「我知道了。」蘇如意沒再多問。

看著蘇如意的背影，譚星慌張地穿好鞋，她該不會是說錯什麼話了吧？又不敢再去火上澆油，想了想，匆匆跑出去找譚淵了。

謠言這種事，在小村子裡傳播之快，就跟前世上了熱搜一般，尤其這些村婦跟村姑還是每天湊在一起做工的。

岳瑩最是熱心，先去找了楊婉，知道真有此事後，在大院兒看見譚淵，忍不住質問他。「譚二哥，如果婉婉為了你和離，你會跟她在一起嗎？」在她心裡，他們一直都是最般配的一對，是楊婉的爹娘棒打鴛鴦。

譚淵的臉色黑得像炭。「她和不和離，與我有什麼相干？」

岳瑩瞪大眼睛。「婉婉一直喜歡你，你不會不知道吧，也是為了你鬧和離。難道你真的因為蘇如意那個女人，就不顧往日情分了？」

譚淵陰惻惻地掃她一眼。「蘇如意現在是我的妻子，請妳慎言。」

岳瑩嚇得脖子一縮。「那婉婉怎麼辦？」楊婉哭成那樣，看樣子是非和離不可了。

「她怎麼辦，有她爹娘操心。」譚淵不想再跟岳瑩廢話。流言蜚語傳成這個樣子，他突然想回家，先見蘇如意一面。

走到半路，他碰到來找他的譚星，見她一臉慌張，忙問道：「怎麼了？」

譚星氣喘吁吁。「二哥，不好了，二嫂知道你跟楊婉的事了，你快回去跟她解釋。」

譚淵快不了，一邊走、一邊問譚星。「她生氣了？」

譚星愣了下，回想蘇如意的樣子，還沒那次大嫂推她氣得凶。「好像沒有太生氣，可是心裡肯定是介意的，我沒敢多問。」

譚淵抿了抿唇，剛剛還擔心蘇如意聽了風言風語多想，結果她居然沒生氣，心裡好像更堵了。

到家後，譚星沒去打擾，忐忑地看著譚淵回了屋子。

譚淵推門進去，就見蘇如意坐在椅子上，手裡正在做著一只燈籠，安安靜靜的，神情看不出任何起伏。

蘇如意聽見動靜，抬頭看譚淵一眼。「你回來了？」

譚淵見她如此平靜，竟不知該怎麼開口，在榻上坐下，先歎了口氣。

「妳聽說了？」

蘇如意望望他缺了的左小腿，她一直對感情很遲鈍，又比較內向，除了高中暗戀過一個同班同學，幾乎沒喜歡過人。

所以，她很難理解，什麼樣的愛可以讓一個人有這麼大的勇氣，可以不要自己的腿，甚至是命。

她淡聲問：「你可以告訴我，你的腿是如何沒的嗎？」

譚淵神色微動，她想知道他是如何救楊婉的，心裡是不是也在意？

他沒有隱瞞，語氣平淡地講了一遍。

原來，那匹狼是譚淵上山打獵時不小心招惹的，是頭離群的孤狼。他本可以自己對付，沒想到下山時碰見了來尋他的楊婉。

狼是極為聰明的動物，楊婉這個弱者便成了牠的目標。為了護著楊婉，他才被狼咬住腿，然後為了保命，親手砍掉。

雖然譚淵說得雲淡風輕，但蘇如意卻能感受到當時的危險可怕。

「壯士斷腕，令人佩服。」她真心實意讚嘆道。

譚淵可不是為了讓她佩服的。「別的呢？沒有想知道的了？」

蘇如意抿了抿唇，八卦之心誰都會有。「既然你能為了楊婉姑娘不要命，最後為何沒在一起？」

「我不是為了她不要命。」譚淵彷彿早在等著這個問題了，飛快回答。

蘇如意疑惑。「你不是為了救楊婉嗎？」

「我本就是村中護衛，不管是哪個村民，都應該保護。再者，狼是我引來的，對她不過是無妄之災，我寧願自己丟了腿，也不願以後都活在愧疚和遺憾中。」

蘇如意水盈盈的眸子看著他，直到此刻，才真的覺得是她膚淺了，小瞧了譚淵的格局。

「那你也沒回答我的問題。」蘇如意輕哼一聲。「你倆差點成親，總是真的吧？」

譚淵瞧見她難得的小女兒神態，略堵的心情終於放鬆，伸手拉凳子，朝她那邊挪了挪，聲音低沈。

「怎麼，妳不高興了？」氣息噴到了她的頸上。

蘇如意彷彿被針扎到一樣，立即站起身。「你亂說什麼？你想說就說，不想說算了。」

譚淵看著她快熟透的耳垂，輕聲笑了笑。「我確實想過娶她。我到了成親的年紀，卻不知情情愛愛是什麼滋味，反正要娶，娶一個處得來的也好。」

「然後呢？」

「然後？」譚淵瞇了瞇眼。「她父母覺得我是個廢人，為了女兒的幸福，便把她許給周成了。」

蘇如意有些惱怒。「你可是為了救她才變成這樣的，勢利眼！」

聽蘇如意氣呼呼地替他打抱不平，譚淵摸了摸她做的燈籠。「人之常情。若不是他們悔婚，我也不會娶到妳。」

蘇如意仰頭，驚訝地看著他，一時不敢理解他話中的意思。

譚淵沒跟人說過這種話，輕咳了聲，站起來。

「該告訴妳的，我都說了；她和不和離，與我不相干。妳忙妳的吧，別胡思亂想。」

蘇如意望著他的背影，難道他回來，就是特地向她解釋的？那他剛才說的話，又是什麼意思？

譚淵剛走，譚星就來了。

「二嫂，妳沒生氣吧？我二哥跟妳說清楚了沒有？」

蘇如意覺得譚星於此比她聰明，便道：「妳二哥說，楊婉和不和離，與他不相干。」

譚星登時笑了。「我就說嘛，不會有事的。我二哥多正直，怎麼可能成了親還惦記別人。妳才是我的好二嫂，除了妳，我可不認別人。」

蘇如意心裡一下清明了，她就說嘛，根本沒感覺到譚淵喜歡她啊。從他救人一事上也能看出來，他是個責任心很強，很有原則的人。既然成了親，當然不會犯那種全天下男人都會犯的錯。

於是，蘇如意又陷入了兩難。她早晚要走的，與其成為他的枷鎖，不如趁早攤牌，讓他可以自己選擇？

蘇如意心裡有了計較，但也得看人家是不是真的會和離，便讓譚星去打聽打聽。

譚星出去一刻鐘，就回來了。「二嫂，不好了，出事了！」

蘇如意以為譚淵出了事，不小心將剛糊好的燈籠戳了個洞。「怎麼了？」

「周大哥跟楊婉都要和離，楊家不答應，這會兒快打起來了。」

蘇如意皺眉。「這是他們的家事，咱們不必管。」

「不是。」譚星拉著她。「妳去看看吧，二哥被他誣衊，說是跟楊婉有私情呢。」

哪怕蘇如意打算成全他們，也不覺得譚淵會跟楊婉有私情，連忙起身跟譚星走了。

這會兒，村裡的大院兒正熱鬧著。一年到頭也看不著這種熱鬧，大家連工都不做了，包圍了楊婉與周成。

蘇如意和譚星好不容易擠進去，就見楊婉紅著一邊臉，哭著大罵周成。

「你這混帳，不想跟我過便罷了，憑什麼侮辱我的清譽？」

周成一改往日的好脾氣，厲聲道：「妳敢說妳沒有？是誰偷偷打聽譚淵的媳婦兒？是誰假借學傘，偷偷來看人家？妳到底是怎麼嫁給我的，大家心裡都清楚。妳敢發誓，如果譚淵也和離了，妳不會嫁給他嗎？」

楊婉期期艾艾地朝譚淵看了一眼，她當然不能發誓，她本來就是這麼打算的。但她成親後的日子裡，根本沒有做對不起周成的事啊。

她不說，卻有人替她說。

楊大嬸忙拉住她。「周成，你別激動，婉婉不是那樣的人，她不會和離，更不會跟譚淵在一起的。」

周成冷笑一聲。「您不必替她說話。我在她心裡，可比譚兄弟差遠了。」

「這怎麼可能呢？就說他那條腿……」楊大嬸頓了頓。「這是咱們的家事，回去說行不行？鬧成這樣像什麼話，要是村長從縣裡回來了，非生氣不可。」

周成可就是特地挑今天呢，關起門來說，他如何把他們的事情坐實，如何逼得蘇如意與譚淵和離？

眾人都在瞧他們，蘇如意卻轉頭去看譚淵。

他拄著枴杖站在那裡，小腿處被風一吹，哪怕穿著袍子，也顯得空蕩蕩的，面上什麼情緒都沒有，垂著眸，彷彿此事與他無關。

但蘇如意莫名有些生氣，他的腿是為了救楊婉沒的，她的娘卻在大庭廣眾之下揭他的傷疤。為了攀這門親事，就不把他當人看了嗎？

周成的眼角餘光掃向蘇如意，見她小臉帶著怒氣盯著譚淵，心裡一喜。

「什麼都別說了，我周成願意成人之美，明日便去和離，讓你們破鏡重圓。」

「等等。」譚淵終於開了口。

蘇如意不覺攥緊了手，不知他意欲何為？

譚淵走到周成面前，扔了右手的楞杖，只留左邊的楞杖支撐身子，在眾人的驚呼中，一拳將周成打倒在地。

周成愣了愣，捂住左臉瞪他。「怎麼，來為你的小情人出氣了？」

譚淵擰著眉，看向周成的眼神中帶著不屑。「周成，你枉為男人。」

周成呸了聲，起身冷笑。「是，我連自己的女人都管不住，確實沒有你像男人。」也沒打算還手。「既然你覺得自己是個男人，那可別辜負了她對你的一片癡心。」

「證據呢？」譚淵忽然道：「你口口聲聲說我與她有私情，捉姦還要捉雙呢，誰見到我與她私會過？」說完，掃視眾人一圈。

村民面面相覷，他們當然沒看見過，只是因為之前譚淵和楊婉差點成親，周成又自爆家醜，便覺得真有此事。

「就是。」楊大嬸忙道：「周成，一定是你誤會了，沒有的事。」

周成自然沒有證據，咬了咬牙。「楊婉，妳敢說妳對譚淵已經沒有絲毫感情了嗎？妳敢說自己不想跟他在一起了？」

楊婉抿唇不言，楊大嬸忙暗擰她的胳膊。「快說話。」

楊婉看了眼絲毫不為她作主的母親，她在周家受了多少委屈，有誰心疼過她？現在兩人鬧得這麼僵，他還動手打她，若是回去，不知會有什麼日子等著她。

哪怕只有一天，她也不想再跟這個道貌岸然的男人做夫妻。

為今之計，只有徹底撕破臉，再無一絲和好的可能，她娘便不能逼她回去。

楊婉抹了把眼淚。「周成，我跟你成親以來，沒有做半點對不起你的事，但我心裡確實有淵哥。我不想自欺欺人，明天我們就和離，從今以後再無瓜葛。」

譚淵皺眉掃楊婉一眼，又轉頭去找人群中的蘇如意。

蘇如意抿著唇，瞧不出思緒，但譚淵就是能看出她的不悅。

他懶得再理這兩個瘋子，招手叫她。「如意，過來。」

蘇如意愣了下，默默走去，順手幫譚淵撿起枴杖。

譚淵看看哭哭啼啼，毫無分寸的楊婉，再看看身邊乖巧嬌軟的小妻子，輕嘆口氣。

「走吧，回家。」

這一舉動無疑是告訴在場的人，不管楊婉和離與否，他已經有了自己的家，怎會拋棄貌美的妻子，再娶一個嫁過人的？

楊婉被當眾打臉，臉色青一陣、白一陣，終是忍不住了。

「淵哥！」

蘇如意離得近，清楚看見譚淵眼中的冷意。他是真的對楊婉無意了，他們卻硬把他牽扯進來，害他被議論跟侮辱。

蘇如意深吸了口氣，轉過身，微笑道：「楊婉姑娘，或許妳的婚姻不幸福，但請不要以此為藉口，來破壞別人的家。」

「走吧。」蘇如意扶著譚淵的胳膊，小心地下了臺階。

譚淵眸中的寒意點點消散，喊愣住的譚星。「星星，走了。」

譚星連忙跟上，笑咪咪看著相依的二哥和二嫂。兩人從未有哪一刻像現在一樣，看著像是真正的夫妻。

第十一章

楊婉他們怎麼收場的，譚淵和蘇如意已經不關心了。

譚星對蘇如意豎起大拇指。「剛剛二嫂太厲害了。妳沒看到，楊婉的臉都黑了。」

蘇如意本來就沒說過如此大膽的話。剛才是時勢逼人，現在只有他們幾個，頓時覺得害臊起來。

她放開譚淵的胳膊。「妳扶著妳哥，我先回去。」說完，快步走了。

譚星扭頭看著嘴角微微上揚的譚淵。「二嫂不會是生氣了吧？」

譚淵摸摸她的頭頂。「明天我要去趟縣裡，有什麼想要的嗎？」

譚星眼睛一亮。「能帶我跟二嫂一起去嗎？」

譚淵搖搖頭。「有正事要辦，下次再帶妳們。」

譚星嘟了嘟嘴。「那我想吃桂花糕。」

「好。」

回去後，誰也沒再提這件事。

得知譚淵要去縣裡，果不其然，蘇如意也問能不能帶她去。

譚淵淡笑。「我要去官府一趟，妳若不怕捕快們想起來，再把妳抓走，就一起去。」

蘇如意連連搖頭，知道譚淵是要去幫忙打探那些姑娘的下落，便不跟著了。

晚上，周氏下山回來，聽說了今天的鬧劇，還特意問了譚淵，譚淵淡淡地用「不關我事」四個字打發了。

當初楊家悔婚，周氏自然也氣得牙癢癢，更何況現在她都成二手的了，怎麼看也比不上現在這個能賺錢，模樣還好看的兒媳婦。見兒子沒有別的意思，就放了心。

第二天一大早，譚淵便出門了，六子趕車隨他一起去。

「譚兄，你怎麼來了？」守在縣衙門口的捕快迎上來。「可是來找大人的？」

譚淵搖搖頭。「上次被抓的嚴婆一夥人，怎麼樣了？」

「嚴婆被打了二十板子，扔進牢裡關五年，那兩個男的也判了兩年。至於姑娘們，大人憐惜她們，充作繡房或浣衣坊的女工。」

譚淵放了心。「有個穿紅衣裳的姑娘，一次都沒偷過，我想見見她。能安排嗎？」

「沒問題。」

譚淵在耳房等著，片刻後，捕快領來一個小姑娘，穿著樸素，但模樣可愛，比他頭一回見的時候活潑了幾分。

「是你？」鄭曉雲一眼就認出那天帶捕快抓人的譚淵，左右打量他。「如意呢？」

「她沒來。」譚淵放下茶杯。「坐吧，在下有幾個問題想問姑娘。」

鄭曉雲對他很有好感，因為他是蘇如意的夫君，而且還是救她們出苦海的人。

「你問。」

其實譚淵就是想知道蘇如意的事，但鄭曉雲知道的也只有在嚴婆手下這些日子的點滴，便全告訴了他。

根據鄭曉雲的說詞，蘇如意的確是頭一次騙婚，但她嘴裡的蘇如意，卻跟他認識的好像不是同一個人。

「妳說，她十分大膽厲害？」

「對呀，我剛被賣掉的時候，因為害怕，總是哭。被嚴婆打的時候，都是她護著我。」

譚淵瞇了瞇眼。「那她的女紅和廚藝如何？會不會做一些傘或燈籠什麼的？」

鄭曉雲笑了聲。「女紅還可以，但嚴婆可不會讓我們下廚弄糙一雙手。更別說製傘和燈籠了，嚴婆怎麼會花錢讓我們做這些東西。」

譚淵目光一凝，心裡更是疑惑了。

譚淵回去時，已經是下午了。

今天蘇如意做飯，特意幫他留了一份。剛端上來，便急切地問：「她們怎麼樣了？」

譚淵看著今天的飯菜，三塊金黃色但不像是玉米麵的餅子、一碗清爽的涼拌馬鈴薯絲，還有前兩天她醃的酸辣蘿蔔片，外加一道絲瓜湯。

「嚴婆和他的打手坐了牢，其他人都被大人安排去做工了。」譚淵拿起餅子咬了一口，不但細膩輕彈，還有一絲絲甜味。「這是用什麼做的？」

「真的啊？太好了。」蘇如意放下心。「這是娘從地裡摘的小南瓜，我做了南瓜餅。」問完，便不再打擾譚淵吃飯。

譚淵又咬了一口。明明是用一樣的食材，但她做出來的不但花樣多，哪怕是同樣的一道菜，她做的也比大嫂或譚星做的好吃，連娘現在都盼著輪到她做飯那天，好飽飽口福。

這樣的手藝，絕不可能沒下過廚。

據鄭曉雲所說，她們在七、八歲時被賣給嚴婆，怎麼也不可能是在六、七歲練就這樣的廚藝吧？

若說廚藝是天賦，那傘和燈籠這些手工藝品，該怎麼解釋？

譚淵打量蘇如意手裡的燈籠，已經成型，是隻憨態可掬的白胖兔子。

他並不懷疑鄭曉雲的話，但在他印象中，新婚夜蘇如意醒來後，就是這副嬌軟內向的性子，完全看不出有偽裝的痕跡。

難道是因為新婚夜被教訓了，才性情大變？除此之外，他沒有更好的解釋。

譚淵不想再猜，放下筷子。「我見到了妳那個交好的姊妹。」

蘇如意愣了下，才道：「鄭曉雲？」

「嗯。」譚淵悠悠看著她。「據她所說，除了妳，其他姑娘都沒學過做飯和手工。」

蘇如意的動作一僵，心裡暗暗著急，他們怎麼聊起這個？腦子飛快轉了起來。

譚淵並不急，見她流露於表面的心思，無奈搖頭。

或許她以前大膽，是為了保護自己，現在裝柔弱也是為了自保。但她這毫無城府的性子，卻是不可能錯的。

蘇如意一時想不到合理的藉口。她從小被賣，手藝不在嚴婆那裡學，還能怎麼編？嘴硬反而越顯得假，萬一譚淵去逼問那幾個姑娘，不但會露餡，兩人怕是之間連一丁點信任都沒了。

她乾脆破罐子破摔，開始瞎編。「嚴婆是沒教過我，但我有個高人師父。」

譚淵興致極高地問：「什麼高人師父？妳在嚴婆手下，那師父又是如何教妳的？」

「我又不是一直跟著她。」蘇如意越編越順口。「小時候，我不需要跟著她東奔西走，小一些的孩子全被她拘在鄰縣的宅子裡看管，她帶著大一些的姊姊們到處騙人。等姊姊們年紀大了，沒人買去當媳婦兒，便直接賣掉。我在宅子裡住了九年，去年才跟著她出門的。」

這個跟鄭曉雲說的對得上，譚淵點點頭。「所以，妳是這九年裡學的？可妳師父是怎麼瞞著嚴婆的人教妳的？為什麼沒教過其他人？」

「誰說她瞞著別人了？」蘇如意頓了頓。「她就是嚴婆請來教我們女紅的嬤嬤，見我是幾個姑娘裡天賦最好的，便對我十分照顧。後來，她生了病，因為無兒無女，覺得後繼無人，便偷偷將所學教給我。在我十六歲那年，她就病逝了。」

原主記憶中，確實有這麼一位嬤嬤，已經不在了，哪怕譚淵去找嚴婆對質也沒用。

蘇如意本來就是編理由，深究起來，其實有很多破綻，起碼譚淵是一臉不相信的樣子。

她乾脆起身。「你等一下。」轉身進了房。

蘇如意把自己的工具箱拿出來。

以後難免會在譚淵跟前用，她本來還沒想好怎麼解釋，正好趁著這件事讓他知道。只要不當著他的面用完材料，他也不會發現裡面的奧秘。

她抱著工具箱出去，在譚淵面前打開。「這是我師父留給我的工具。」

譚淵好奇地上下翻看，裡面有很多東西，他都沒見過，確實替她的話增加了幾分可信。

「妳的手藝已經很厲害了，那妳的師父應當更不凡才對，別說養活自己，攢一份家業都是有餘，為何要去教幾個丫頭？而且，有這本事，不至於一輩子找不到繼承人吧？既然是看管，嚴婆肯定也在宅子裡留了人，她是怎麼在那麼多雙眼睛下，只教妳一個的？」

蘇如意傻傻地聽譚淵一連串的質問，嘴巴微微張開，這就是當過捕快的職業病嗎……

她沒有他那麼好的口才，沒有那麼縝密的邏輯，無法在短時間內，編出一個無懈可擊的故事。

如果他不肯信她，如果她說出自己的真實身分，一定會被當成妖女燒死吧？

蘇如意的臉色微微泛白，不懂譚淵為什麼要問得如此詳細。

「你愛信不信。」蘇如意背過身去，語氣裡有害怕，也有幾分怨氣。「不然你說是怎麼回事？我七、八歲之前就有這本事了嗎？還是天賦異稟，無師自通，這些東西全是天上掉下來的，難道要我讓師父復活來證明?!」

譚淵聽她如此激動，本想說他不問了，卻看到蘇如意的肩膀一抽一抽，像是在哭。

他一驚，忙起身撐著枴杖走到她面前，果然見她倔強地咬著唇，淚流滿面。

譚淵立時後悔了，從袖中掏出青藍色帕子。「我只是好奇，妳別哭呀，我不問了。」

蘇如意是真的委屈，當她想來這破地方嗎？要什麼沒什麼，一來就揹了個大鍋，受盡白眼。什麼自由都沒有，還要被審問。

這些日子的不安和憋屈，她盡數發洩了出來。

譚淵越擦淚越多，最後乾脆一把將蘇如意攬進懷裡，輕輕拍著她的背安撫。

她看起來柔弱，但從她來家裡那天起，還沒見她哭過。他非要問那麼多幹什麼，會就會了，跟誰學的，有什麼要緊？

蘇如意漸漸平靜下來，才發覺自己在譚淵懷裡，心裡一驚，忙掙開他。

譚淵為了抱著她，只撐了一支枴杖，猝不及防被她一推，朝桌邊摔去。

「啊！」蘇如意忙伸手拉他，但譚淵反應更快，左拐用力一撐地，硬是避開了桌角，往地上倒下。

譚淵悶哼一聲，不是摔的，是被蘇如意砸的。

蘇如意忙起身，攙起他，臉上還掛著淚，一臉焦急道：「你沒事吧？對不起，我不是故意的。」

譚淵揉著胸口。「不生氣了？」

蘇如意撇撇嘴。「我能告訴你的都說了，你不信，就自己去查吧。」

譚淵還查什麼啊，在凳子上坐下。「既然妳已經嫁進譚家，以前的事就過去了。連妳騙婚的事，我都不追究了，這點小事有什麼要緊？」

蘇如意暗暗鬆口氣。「那你吃飯吧，都涼了。」

譚淵沒什麼胃口了。「我還有點事要出去，收了吧。」

蘇如意把剩菜端去廚房，譚淵將布包裡的東西放在她桌上，就走了。

蘇如意回房，打算繼續忙，抬眼就看見桌上有個紙包跟布包。

她好奇地打開，紙包裡是兩塊糕點。在她的記憶中，這可是一般人捨不得買的，是譚淵特地買給她的？

她沒吃，又打開旁邊的布包，看清楚後，驚喜了一下，竟然是一面巴掌大小的鏡子。鏡子和她上次看到的差不多，小小巧巧，她拿起來照向自己，眼睛還紅著，頗有點我見猶憐的味道。

她抬手摸了摸臉，嘴角微微上揚。原來譚淵發現她沒買鏡子，特意替她買了。

蘇如意緩緩坐下。其實，除了一開始的威脅嚇唬，譚淵對她還算不錯的。

蘇如意洗了把臉，拿著糕點去了譚星屋裡。

「星星，這是妳二哥在縣裡買的。妳吃一塊，一塊送去給小石頭，我就不過去了。」

譚星嘻嘻一笑。「我吃啦，二哥說也買給妳了，我才沒過去。小石頭那裡，我已經送過去了，二嫂快吃吧。」

她說著，拿起傘骨，跟蘇如意去了二房。

「二嫂，上回那個絹花，談得怎麼樣了？」

蘇如意還沒來得及跟譚星說呢，便將書契拿出來給她看。「掌櫃答應出材料讓我來做，每朵五文錢。」

「真的？」譚星摸了摸自己頭上的絹花。「那二嫂一天能做多少？」

「四、五朵吧。」她還要抽空做別的東西呢。

「那就是二十文啊！」譚星的眼睛發光。「以前做一把傘才能賺五文錢，而且一天只能做一把。二嫂，妳太厲害了。」

蘇如意笑了笑，其實這書契有兩份，一朵五文錢是簡單花樣的，稍好一點的能拿十文，林掌櫃可以賣到二十文錢。

五文錢的進項，她會交給周氏，十文錢是留給自己的。她一邊賺贖身錢、一邊替譚家賺銀子，也算對得住了，不需要因為隱瞞而愧疚。

譚星看著蘇如意巧妙又細心地堆了一朵絹花，也跟著學，最後無奈放棄。「這活兒太細，我還是做我的傘吧。」

蘇如意道：「以後妳想學什麼，來問我就是。」

她手裡做著絹花，心裡想起另一個人。她不敢問譚淵，他的心思太過敏銳，若跟他提起，他一定會多想，她不想因為這點事影響到人家的親戚關係。

「星星，大嫂家就他們姊弟兩個嗎？」

譚星點頭。「大嫂家也挺難的，跟我們一樣，從小沒了爹，是李大娘把他們養大的。大嫂弟弟娶媳婦的錢，還是用我們家的聘禮。」

蘇如意眼睛一亮。「齊勇成親了？那怎麼沒見他帶妻子過來？」

「別提了，去年染上風寒，本來身子骨就弱，還沒錢吃藥，就歿了。」

蘇如意擰眉，那就是說，齊勇現在又是單身漢了。她也不傻，齊勇要麼是跟譚淵有過節，才故意來挑撥，要麼……就是對她有企圖。

蘇如意很清楚，原主這張臉是美的，雖然已經成了親，但不管什麼時候，不管在哪裡，都有見色起意的無恥之徒。

她是生氣，可齊勇沒明確表示什麼，一切都是她的猜測。貿然告訴譚家人，他們非但不會信她，八成還會覺得是她不安分。這時代，對女子就是這麼不友善的。

算了，以後等齊勇來的時候，她躲遠一點，不跟他獨處就是了。

吃晚飯時，蘇如意在飯桌上跟周氏說了絹花的事，還把書契拿給她看。

家裡只有譚淵識字，還是去衙門當差那幾年自學的，接過來幫周氏唸了一遍。

周氏高興地收起來。「這可太好了，做絹花的錢加上雨傘的抽成，下個月就能送小石頭去學堂。」

周氏把錢全給大房花，蘇如意沒說什麼，只交代道：「記得不要說出去，不然村裡的人可能又要叫我教了。」

周氏點點頭，嚴肅道：「這件事，家裡人知道就行，誰也不許說，聽見沒？」說完，還特地看了看跟蘇如意處得不太好的齊芳。

出錢讓她兒子去念書，對齊芳來說是好事，難得沒有陰陽怪氣地接話。

回屋後，蘇如意拿著小鏡子，對譚淵說：「這個，謝謝你。」

譚淵見她這情緒來得快，去得也快，不像是氣他的樣子了，道：「是我想得不周到。娶了親，家裡連面鏡子都沒有。」

蘇如意並不在意，將紙包拿出來，遞給他一塊糕點。

譚淵詫異。「妳沒吃？不愛吃嗎？」

「不是。」蘇如意又拿出另一塊。「你分給這麼多人，自己也沒吃吧？」

她咬了一口，眼睛瞇起來。「甜。」

譚淵見她吃得這麼香，又遞回去。「妳吃吧，我不怎麼喜歡甜食。」

蘇如意白他一眼。「我做的南瓜餅，你不是吃得挺起勁？」幾口吃完糕點。「晚上不能吃太多甜的。我去燒水。」

譚淵看著這塊小小的糕點，笑了笑，也咬了一口。確實很甜，彷彿一直能甜到心裡。

他上有大哥，下有妹妹，娘帶大他們很辛苦，沒有多餘心思陪他們。等他們可以賺錢分擔家計時，小石頭出生了，娘便把心思全放在孫子身上。

大哥成家早，一顆心繫著老婆跟孩子。妹妹幾乎是他帶大的，可愛懂事，但畢竟還小，愛吃也愛玩。

現在，也有人惦念著他了。

第十二章

小石頭休養幾天，已經沒有大礙，又開始蹦蹦跳跳，但家裡暫時不許他上山了。

今天李氏帶著齊勇來探望他，還拿著兩包小零食，進門一看見小石頭，就緊張地抱著他打量。

「摔到哪兒了？怎麼也不告訴我一聲？」

齊芳瞪弟弟一眼。「早就沒事了，不是讓你別跟娘說。」

齊勇撓頭。「不小心說漏了嘴。」

譚家的院子就這麼大，蘇如意聽見動靜，走到窗邊一看，便看見了齊勇。因為上回的事，她很難不多想。

上次他來的時候，小石頭已經沒什麼事了，他幹麼攛掇李氏再來一趟？怕是醉翁之意不在酒。

偏偏上午譚淵出門去忙了；譚星去交傘，順帶拿材料。家裡只剩看孩子的齊芳。

蘇如意乾脆起身，她出去跟李氏和齊芳說話算了，齊勇還能當著他娘和姊姊的面幹什麼不成？

她一出來，齊勇的眼睛便黏在她身上不動。兩天不見，她好像還是那樣子，姊姊也沒說二房鬧過，想來那件事被譚淵壓了下去。

「大娘來了？」蘇如意直接無視齊勇。「大老遠走來，累了吧？進屋喝茶。」

李氏抱著小石頭。「還真有點渴，有勞妳了。」

蘇如意看得出來，這老人家不像是奸詐之人，不知一雙兒女怎麼就長歪了。

蘇如意泡了壺茶，陪兩人說話。

齊芳納悶了，平時她就算一個人待著，也極少出門，今天可真是稀奇。

齊勇盯著蘇如意半晌，心想她定是敢怒不敢言，畢竟只是被買來的，連良籍都不是，哪有底氣真和夫家鬧僵？

齊勇的心思活泛，也沒指望蘇如意真能和離嫁給他，親戚間的臉面也過不去，只希望蘇如意能暗中跟他相好，能時不時來快活一下就成。

畢竟她也是個正當妙齡的姑娘，能不渴望男人疼愛？譚淵一個腿殘還不能行房的人，能滿足她？

但萬事起頭難，想來她抹不開臉，需要他推波助瀾。有了第一次，不管以後她情不情願，為了自己的名聲，也不敢不從。

齊勇起身。「我去趟茅房。」

蘇如意見他出了門，果然不敢當著眾人的面對她怎麼樣，更放了心。
沒一會兒，齊勇又回來了，抱起小石頭。
「娘，咱們很少來繞山村，在屋裡怪悶的，出去走走吧。」
這些日子，小石頭也憋壞了，聞言忙道：「我也要去。」
李氏被小石頭纏得沒辦法。「好好好，走吧。」
齊芳見狀，只能陪著她娘出去轉轉，意思意思地問了蘇如意一句。「弟妹要去嗎？」
蘇如意忙搖頭。「我還有幾朵絹花沒做，就不去了。」她防的正是齊勇，他要出去，當然巴不得他趕緊離開。
見他們出了門，蘇如意鬆口氣，回房間忙自己的了。
趁著沒人在的時候，蘇如意先做比較難、比較貴的絹花。
她剪了個花樣子，拿起手邊的茶喝了幾口。這一朵還沒做完，便感覺身體怪怪的。
她抬手摸摸臉，有點發燙。這天氣也不熱啊，遂拿起涼茶又喝了幾口。
涼快僅是片刻，很快她便覺得打從心底開始躁熱起來，有一種從未有過的可怕慾望洶湧而上。
這種感覺對她來說很陌生，但她是個成年人，清楚這感覺是什麼。

他竟敢！

她猛的起身，扭頭看向那碗茶。要是齊勇沒來，她會懷疑是不是自己突然病了。

蘇如意一手撐著桌子，喘息開始急促。現在沒有工夫生氣，既然齊勇用了這種下三濫的手段，一定會想辦法脫身折返，她不能繼續留在家裡。

她隨手拿起做絹花要用的簪子，不敢從正門出去，怕碰上回來的齊勇，便費力地挪動梯子，從後院院牆爬上去。

這牆有兩尺多高，她一閉眼，果斷跳下，腳軟得壓根兒站不穩，在草地上滾了好幾圈，才勉強爬起來。

她顧不得一身的泥土，又不知道譚淵在哪兒，但譚星肯定在村裡大院。

藥效發作得很快，她很快就感覺身體像火燒一樣，瘋狂叫囂著渴望。

她的目光漸漸模糊，舉起簪子，狠狠朝手臂扎下。尖銳的痛楚讓她回神，她雖要躲避著齊勇，卻不能在外人面前發作。

她必須清醒地見到譚星！

齊勇估摸著時間差不多了，藉口肚子疼要去茅房，一個人溜了回來。

他一進二房的院子，一個人都沒有，桌上的茶卻空了。

他心裡一驚，難道蘇如意發作得快，已經等不及，自己跑出去了？

齊勇匆匆出去找人，他可不能讓別人見到那樣的她！

與此同時，蘇如意一路上都沒遇見什麼人，跌跌撞撞走到村裡的大院兒附近，看到抱著一捆竹子的譚星。

她彷彿見到救星般，身體再也支撐不住，軟軟倒了下去。

譚星以為蘇如意是來找她的，見她摔倒，嚇了一跳，丟下竹子跑過來。

「二嫂，妳怎麼了？」她碰到蘇如意的身子，燙得嚇人。「妳病了?!」

蘇如意知道自己堅持不住了，喘息著交代。「星星，把我的手綁住，嘴巴堵住。」

「啊？」譚星傻了。「為什麼？」

「快！」蘇如意怕自己做出什麼，或者說出什麼浪蕩的話。她沒古代女子那麼保守，卻也要臉。

譚星還沒反應過來，就見蘇如意忽然抬手去扯衣服。「好熱，我好熱。」

譚星驚駭地看著她露出一片雪白的頸子，忙替她攏住衣領，從自己頭上扯下頭繩，將她的兩隻手腕綁在一起。左右看看，乾脆拿糊傘面的紙揉成團，塞進她嘴裡。

這會兒，大院裡的人也注意到了這邊的動靜，紛紛湊過來。「譚二家的這是怎麼了？」

譚星搖著頭。「我二嫂好像病了，我抱不動，誰能先幫我把她抬進院裡的房間？」

幾個婦人上前幫忙。蘇如意臉蛋燙紅，額頭汗珠直冒，整個人還不安分地扭來扭去。

「這是怎麼了，燒糊塗了？」

雖說是病了，可蘇如意此時的媚態……實在是太像被疼愛的樣子了，一群男人看得口乾舌燥。

大家將蘇如意抬進屋裡，譚星也不知該怎麼辦，又不敢離開，見門外有兩個護衛，忙道：「兩位大哥，能不能幫忙找我二哥過來？」

「好。」譚淵是他們的隊長，嫂子出事了，他們肯定不能不管。

譚星看著越來越多人湊過來，一眼瞧見岳瑩。「岳瑩姊姊，請妳喊岳叔來一趟，我二嫂難受得不得了。」

雖然岳瑩不喜歡蘇如意，但她爹是郎中，治病救人是要緊事，答應了聲，忙往家裡跑。

「這到底是怎麼了？」一位大嬸擰了條手巾替蘇如意擦汗。「妳堵著她的嘴幹什麼？快鬆開。」便要伸手取出蘇如意口中的紙團。

譚星忙攔住她。「不行！」她也不知道原因，但二嫂這麼說，肯定有她的道理。

這會兒，蘇如意越發難耐了，手被綁住，身子還能動，坐起來朝譚星身上蹭，又是哭、又是痛苦地嗚咽。

譚星快著急死了。「二嫂，妳別動，郎中馬上就來了。」

片刻後，譚淵先趕到了，一進屋就看見手腳被綁住、眼淚汪汪、好不可憐的蘇如意。

他急切地在床邊坐下。「怎麼回事？」

譚星哭著回答。「我也不知道，我正要回家，路上碰見二嫂。她一看見我就倒下，整個人發燙。」

「如意？」譚淵小心地拍拍蘇如意的臉，想解開她手上的繩子。「綁著她做什麼？」

譚星忙拉住他。「不行，是二嫂讓我綁的，還要我堵住她的嘴，不然她就扯衣服。」

譚淵的眸光一凝，這才細看蘇如意的模樣。

早上他出門的時候，她還好好的。一個人病得再重，也不至於短短一會兒工夫便神志不清。而且，她的樣子怎麼都不像……

村裡人沒接觸過這種東西，一時沒看出來，譚淵卻辦過這樣的案子。蘇如意的模樣，跟那時中了藥被糟蹋的姑娘，何其相似！

這個念頭冒出來後，譚淵渾身冒出一層冷汗，將人抱進懷裡。「妳們都出去。」

「二哥……」

「出去！」

譚星只能跟幾個婦人退出去，把門帶上。

譚淵抱住蘇如意的時候，蘇如意便使勁往他身上蹭，這怎麼可能是生病的樣子？

他小心地拿出她嘴裡的紙團，蘇如意便嗚嗚哭了出來。

「我熱，我好難受……救救我……」

譚淵更確定了心裡的想法，怕外面的人聽見，又捂住她的嘴，緊緊抱在懷裡，眼底卻掀起驚濤駭浪。

是誰?!

譚淵可以要她，但並不想在這種情況下，何況外頭那麼多人，會讓別人怎麼想她？為今之計，只能等岳郎中過來，看看有沒有藥能解。

但蘇如意現在極為痛苦，雙眼濕漉漉、霧濛濛的，哀求地看著他，楚楚可憐，卻又勾人得要命。

譚淵一隻手攬著蘇如意、另一隻手倒了杯水餵她。她不肯乖乖喝，只勉強餵了半杯。

「嗚嗚。」蘇如意的雙手被綁了，也不老實，越難受就越拚命地掙。

譚淵低頭一看，因為頭繩太細，她的皮膚又嫩，竟快把手腕磨破了。

他替她解開，打算換布條綁。這一解，蘇如意簡直就像溺水的人抓住救命稻草一般，整個人死死纏住了他。

「嘶。」譚淵吸了口氣，忙去按住她的手，額頭也開始冒汗了。「如意，別急，郎中馬上就來了。」

蘇如意哪裡聽得見他說什麼，把嘴裡的紙團一把丟出去，嬌軟的聲音帶著懇求。

「我好熱，幫我……」

現在她理智全無，只知道自己很難受，好像很需要什麼。

這樣的蘇如意對於譚淵來說，簡直是折磨。他按住手，她就來親他；捂住嘴，她的手就到處亂動。

譚淵臉色發紅，氣喘吁吁，也跟被下藥的人差不多了。

蘇如意亂摸索了一會兒，不得章法，不能緩解身上的難過，小手便往衣服裡伸去。

譚淵驚愕地瞪大眼睛，忙去拉住她的手，這下也顧不得心軟了，將她兩隻手扭到背後，死死攥住。

蘇如意不滿，聲音大了起來。「放開，我想……嗚嗚……」

譚淵情急之下，傾身堵住她的嘴。

蘇如意愣了下，接著如久旱逢甘霖一樣，毫無技巧卻如狂風暴雨般襲向他。

譚淵被她如此撩撥，要是再忍，他都要懷疑自己不行了。扣著她的手，將她往懷裡一箍，反客為主。

她笨拙，他又何嘗不是，兩人彷彿在打架一般，卻沈溺其中。

譚淵一手壓住她的兩隻手腕，另一隻手撫過她的背，引得蘇如意一陣顫慄。

就在這時，敲門聲驀然響起。「二哥，岳叔來了！」

譚淵的眼神立刻恢復清明，急喘了兩口氣，平復呼吸，用指腹擦了蘇如意水潤殷紅的唇一下，幫她整理好衣服。

「岳叔，除了您之外，其他人不要進來。」

岳郎中進了房間，回身將其他人關在門外。

「怎麼回事？」他將藥箱放下，伸手搭上蘇如意的脈。

譚淵用一隻手捂著蘇如意的嘴，低聲解釋。「岳叔，今日之事萬不能向任何人說起，只說她是發熱糊塗了。」

岳郎中見蘇如意不對勁，聽譚淵這麼說，已經明白了八、九分，神色凝重。

「被下藥了？」

譚淵點點頭，他很清楚蘇如意沒被得逞，但一傳出去，誰管你乾不乾淨，污名會追隨她一輩子。

岳郎中臉上浮現一絲怒色。「村裡竟有這種畜生？」

「還不知道是誰，您看能不能解？」

岳郎中擰著眉。「我哪裡會有這種解藥，如今只能儘量讓她降火壓燥，不徹底解乾淨是沒辦法的。」

譚淵咬著後槽牙。這麼說，只能由他替她解了。

他低頭看向自己的斷腿，從未有一刻如此痛恨它不中用，不能將蘇如意抱回家。

岳郎中看他為難的樣子，也知道此地不宜，輕咳一聲，提點道：「現在她只是難耐些，你讓她舒坦了，即可減輕藥效，不一定非要到最後一步。」

他以為，譚淵一個成了親的人能聽懂，孰料卻是一臉茫然。

「怎、怎麼舒坦？」

岳郎中一張老臉都要發燙了，起身拿起藥箱。「蠢鈍！用手不會啊？」說完，出去將門關上。

「行了，都散了吧，我回去拿藥，讓她男人守著就行了。」

別人都散了，譚星想進去，卻被岳郎中一把拉住。「妳跟我去拿藥。」

聽著門外漸漸安靜下來，譚淵僵硬地低下頭，看著神色迷離的蘇如意。

他不會，但好像有些明白了。

他在猶豫，蘇如意卻沒剛才鬧得凶，並非沒事，反而更像因為無法發洩而撐不住。

譚淵心裡一驚，也顧不上什麼不好意思了，輕輕將她放倒在床上，生澀地替她緩解。

蘇如意立時睜大了眼睛，嚶嚀出聲，譚淵忙又吻上去。

兩刻鐘後，蘇如意終於累極，沈沈睡去，身上的熱意也退了。

譚淵揉揉發僵的胳膊，長長的喘息，覺得自己比她還累。

不但累，還憋屈。

屋裡靜悄悄，譚淵起身去洗了手巾，替她擦拭滿臉的汗珠。她的臉蛋還是粉粉的，像待採摘的牡丹般誘人。

他拿出自己乾淨的手帕，猶豫了下，開始幫她清理，再替她穿好衣物。

收拾完，他覺得自己宛如跟猛獸打鬥了一場。

他坐下，靜靜平復心情，手裡捏著她的手指，想著到底是誰對她有這個心思，又是怎麼下藥的。

「二哥，我拿藥來了。」門外響起譚星的聲音。

譚淵放下蘇如意的手起身，將拴上的門打開。

「二嫂好些了嗎？」譚星忙朝床上看去。「岳叔不知在搞什麼，弄了半天才找出兩顆藥丸，快給二嫂吃下去吧。」

「她睡著了，妳把藥泡在水裡化開，再餵她。」

譚淵又在床邊坐下，剛才他放下蘇如意的手時，衣袖滑落，白嫩的手臂上，鮮紅的血跡分外刺眼。

他忙握住她的手腕。「這是怎麼回事？」

譚星也是剛看見這圓圓的傷口，從袖中拿出簪子。「二嫂摔倒的時候，手裡握著這個，是不是不小心被刺到的？」

譚淵接過來一看，簪子哪有那麼尖銳，頂端都是磨過的，無意間扎到也不可能流血。

他再細想，蘇如意特地來找譚星，還讓譚星綁住她，分明是知道她被下了什麼藥。也就是說，她是為了不失控，扎傷自己的。

譚淵的怒火洶洶燃起。「星星，妳回家一趟，去問問今天有誰去了家裡。」蘇如意從不自己出門，就算被下藥，也是在家裡遭人暗算的。

譚星不懂他的意思，道：「我等二嫂醒來，扶她回去吧，她好不了那麼快的。」

譚淵想的卻是，蘇如意清醒後，肯定會問事情的前因後果，到時候不方便有別人在場。

「快去。妳二嫂衣裳都髒了，妳幫她拿一套來換。」

譚星一看，蘇如意的衣裙果然又髒又皺，這才點點頭，回家去了。

第十三章

片刻後，譚淵看藥丸化得差不多了，輕輕拍蘇如意的臉。

「如意，醒醒。」

蘇如意睡得沈，拍掉他的手，又翻了個身。

譚淵無奈，只能直接將她扶起來。

「起來喝藥。」

蘇如意被迫睜開眼，眼裡還有細細的血絲，整個人毫無力氣地癱軟在他的懷裡，一時還沒明白自己的處境。

譚淵輕咳一聲，剛才她神志不清，這會兒醒了，他想起剛才幫她緩解的事，身子有些緊繃起來。

「我……」蘇如意一開口，嗓子乾澀得不得了。

譚淵忙將化了藥丸的水遞到她唇邊。「先把這個喝了。」

蘇如意喝下一口，立刻苦得撇開腦袋。「這是什麼？」

「藥。」譚淵替她將額前碎髮別到耳後。「妳忘了，妳是怎麼來大院兒的？」

蘇如意的神志漸漸回籠，猛的坐起身，感覺腰下一軟，臉色霎時變白。

「我……我被？」

「沒有。」譚淵安撫她。「妳碰見了星星，她把妳帶進來，什麼事都沒發生。」他沒打算把他幫她的事說出來，免得她連他都躲。

蘇如意鬆了口氣。「那我是怎麼……」看向杯子裡的藥。「是岳郎中？」

「嗯。先把這個喝了。」

蘇如意沒再懷疑，將藥喝完後，往後靠在床柱上。「星星呢？」

「回家幫妳拿衣服了。」他看著她裙子上的塵土。「怎麼弄成這樣？是誰對妳下藥的？他強迫妳了？」

「衣裳是我從後院牆上跳下來弄髒的。」事到如今，沒辦法瞞了，她也不想再隱瞞。「是齊勇。」

譚淵剛接過杯子的手猝然捏緊，目光冰冷。「齊勇來過？」

「他跟李大娘來的，說是看望小石頭。」蘇如意還在懊惱。「我明明已經防著他了。他一來，我就跟大娘和大嫂待在正屋說話，後來她們說要去村裡轉轉，我才回屋，誰能想到他會在我們屋裡的茶杯下藥。」

譚淵抓住她話裡的關鍵。「妳為何要防著他？難道他之前就糾纏過妳？」

「之前跟我說你跟楊婉有私情的，就是他。我覺得他的目的不純，便多留心了。」

譚淵忍不住加重了語氣。「那妳為何不跟我說？」之前他雖然看出端倪，卻沒有證據。

齊勇先是挑撥離間，接著對蘇如意下藥，說明他是真的動了心思，還付諸行動。

蘇如意抱著膝蓋，低聲道：「怎麼說？當時他又沒幹什麼，我怕你們說我多事，影響你們家的親戚關係。」

譚淵見她一臉委屈，想起她剛剛吃過的苦頭，心軟了。「他來了之後，幹了些什麼，一件不落地跟我說。」

蘇如意想了想，因為齊勇沒待多久就出去了，所以記得很清楚，說到他去解手的時候，兩人對視了一眼。

「肯定是那時候！」蘇如意氣得拍床。「從正屋看不到我們房間的門，他偷偷進去，沒人知道，也是故意把家裡人全支走的。後來，我喝了茶，感覺不對勁，就從後牆跳下來找星星了。」

譚淵聽著都覺得驚險，抬手在她腦門上彈了下。「算妳機靈，不然看妳怎麼收場。」

蘇如意回想，也覺得後怕。若真被齊勇碰了，她能噁心死。

「我沒做什麼離譜的事吧？」蘇如意小心地問：「有誰知道我被下藥？」

「虧妳還能告訴星星綁手捂嘴。」譚淵拉過她的手，掀開袖子，露出手臂上的傷口。

「又對自己下這麼狠的手。」

蘇如意卻不以為意。「我就是扎死自己，也不想讓他碰。」

譚淵輕嘆口氣，新婚夜發現她騙婚的時候，他已經對這門親事失望，更不指望新娘子能有多好的德行，只希望她能收心，守本分。

可這些日子相處下來，她有太多讓他意外的一面。他對自己看人的眼光有幾分自信，或許，在嚴婆那裡的面孔，才是她的偽裝。

想著譚星應該快來了，譚淵飛快交代道：「除了我和岳叔，沒有人知道妳中了這種藥。妳只說自己病了，其他的不用管。」

蘇如意鬆了口氣，卻還是不甘心。「誰都不能說，豈不是便宜了齊勇？」

譚淵寒著臉。「說出去又如何？不可能報官，那樣妳的名聲就完了；不報官，有大嫂在，有小石頭在，兩家的關係斷不了。有她們攔著，懲戒一番也是不痛不癢。」

蘇如意嘟著嘴。「原來你也知道，還怪我瞞著不說。他都下了藥，我還不能把他怎麼樣，何況當初他什麼都沒做。」

「誰說不能把他怎麼樣？」譚淵幽深的眼神閃著狠戾的光。「不挑明才更好動手，他讓我們吃了悶虧，到時候回報在他身上時，為了不牽扯出下藥之事，他自然不敢聲張。」

蘇如意的杏眸定定看向他。「怎麼做？」

譚淵起身。「這妳就不必知道了。」他當過捕快，也曾為達目的不擇手段。

蘇如意剛要說話，譚星抱著衣裳匆匆跑來。

「二嫂，妳醒了？好點沒有？」

蘇如意搖搖頭，今天多虧了她。「星星，辛苦妳了。」

「那麼見外幹什麼？」譚星摸摸她的額頭，確實不燙了，這才放心。「二嫂，妳把衣服換了吧，身上的都汗濕了。」

蘇如意換衣服，譚淵叫譚星出了屋。「家裡有誰在？」

「娘和大哥都回來了。對了，今天李大娘跟齊大哥也來了，中午沒吃飯便走了，然後就沒別的人來。」

譚淵眼神冷了冷，齊勇是因為沒有得逞，害怕被戳穿算帳，才跑的吧？

也好。在村裡，他不好動手。

「啊！」屋裡忽然傳出一聲痛呼。

譚淵推門急入。「怎麼了？」

蘇如意正撐著床沿站起來，臉上還帶著一絲驚慌和茫然。「我……我的腿好疼。」

譚星忙上前扶起她，讓她靠在自己身上。「那是當然了，當時妳病得好嚴重。」

蘇如意抬頭看向譚淵，眼中帶著詢問，有處地方的不自然無法讓人忽視，但聽說第一次是會疼的，她又沒有。

譚淵握著枴杖的手收緊，看著她嬌柔地倚著譚星，又想起她當時的婉轉嫵媚，喉結滾動了下。

「應該是藥效尚未完全過去。」

聽在譚星耳朵裡，以為是岳郎中開的藥，蘇如意卻明白了。也對，畢竟是那種藥，有點後遺症也正常。

又讓她緩了片刻，三人才出了房間。

帳房中，周成站在窗前，看著他們出了院子。

剛才他在村裡碰見齊勇，齊勇一臉急切，像在找人一樣，問他卻又什麼都不說。

齊勇在這村裡能有幾個認識的人？除了找譚家人，還能有誰？

他回大院後，便聽說了蘇如意的事，聯想到大家談起她不尋常的地方，眼神陰晦不明，難道齊勇那小子已經把她……

「出來。」周志坤一推門。「我不是讓你一早帶著東西去楊家接人？」

周成根本不打算去，他對楊婉沒一點留戀，像是娶了個木頭似的，全然沒有一點身為妻子該有的柔順愛慕。再想到她心裡惦記其他男人，即便一開始有些喜愛之意，也早磨光了。

他從桌上拿起禮品，笑道：「有幾筆帳沒算完，這就去。」

鬧成這樣，兩人想好好過是不可能了。

但他發現，其實他們有相同的目標，可以合作……

蘇如意回了家，便躺下休息，譚淵讓譚星把兩人的飯菜端進屋裡。

齊芳圍著圍裙問：「又怎麼了？」臉上帶著幾分不滿。

譚星往碗裡撥菜。「二嫂病了，剛吃了藥。」

齊芳一臉莫名其妙。「病了？上午不是好好的，一下就病了？」

譚淵細細看過她的神色。齊芳這個人潑辣，器量狹隘，但不是擅長偽裝自己的人。若她知情或是參與，絕不會是這副神情。

蘇如意覺得自己好像跑了幾千公尺一樣，又累又餓，一口氣吃了三個窩窩頭，趁著睡午覺時，狠狠睡了一覺。

她醒來後，才感覺身上的痠麻好了許多，燒了壺水，準備洗衣裳。撩開袖子才發現，胳膊被纏上一層薄薄布條，顯然已經上了藥。

是譚淵包紮的？她不禁想，他到底會怎麼收拾齊勇呢？她也好想摻一腳，不然真是難解心頭之恨。

晚上，她好好擦洗了一遍，躺在床上，小聲問譚淵。「明天你是不是要出門？」

「嗯。」

「能帶我去嗎？」蘇如意語氣裡帶了一絲懇求。

譚淵頓了片刻。「妳是不是有什麼想法？」

蘇如意哼聲。「怎麼也得痛打一頓吧？我想去踹兩腳。」

譚淵的嘴角忍不住上揚。「妳倒是善良。他要毀的可是妳的清白，妳的一輩子。」

蘇如意趴起身。「那你有什麼好主意？」

「萬事皆有因果，他貪什麼，必會毀於什麼。」譚淵幽幽道。

蘇如意聽他另有打算，大概插不上手了。「他畢竟是大嫂的弟弟，要是太過分，大嫂定會鬧得雞飛狗跳。」

「她弟弟比我妻子金貴？」譚淵不屑。「他敢捅出來，那下藥的事也不必替他兜著。」

蘇如意抿了抿唇，將頭一蒙。不知為何，聽他嘴裡喊「妻子」兩個字，有絲異樣的感覺。

「那我不管了，睡吧。」

第二天一早，譚淵吃了早飯，帶上六子去縣裡。

六子聽他的話，趕車到新街胡同，在外頭等他。

胡同最裡面，是一間隱秘的勾欄院，不時有人進進出出，一名剽悍男子守在門口。

那人見到譚淵，目光掃向他的腿。「這位爺是來找樂子的？」

譚淵搖頭。「我找殷七娘。」

男子上下打量他一眼。「你是哪位？」

「就說故人譚淵找。」

男子進去，沒一會兒又出來了，態度恭敬不少。「譚公子，請到廂房等片刻。」

這地方是座三進的大宅子，鬧中取靜，要不是殷七娘事先說過地址，他都看不出這是做什麼營生的。

等了大概一刻鐘，一個年約二十左右的女子進來，模樣十分明媚漂亮，但打扮得很素淨，完全不像是妓院媽媽。

殷七娘一見到譚淵，就笑了。「我還以為你這輩子都不會來見我了呢。」

譚淵不理她的調侃。「我還以為妳不會做這行了。」

殷七娘親自幫譚淵倒了杯茶。「不做這行，我們能做什麼？嫁人？還是等著餓死？」

譚淵聽她自嘲，不由想起蘇如意。差不多的年紀，蘇如意的目光清澈單純，殷七娘卻已經滿是滄桑世故。

「我來找妳，是有事相求。」

殷七娘爽快一笑。「當初你為了替我們洗清冤屈，連差事都丟了，我便說過，但凡有事，義不容辭。既然你找上我，肯是我能做到的，請直說吧。」

譚淵拿出一張紙條，推給她。

殷七娘接過，唸道：「李家村，齊勇？」

譚淵抿了口茶。「他覬覦內子。」

殷七娘嘴角一僵。「你成親了？」

「嗯。」

殷七娘又笑了。「真想看看是什麼樣的女子能籠絡住你的心，竟特地來找我替她出氣。你說吧，怎麼做？」

半個時辰後，譚淵從廂房出來。「煩勞妳，不用送了。」

「等等。」殷七娘小步跑進去，沒一會兒，拿著一只盒子出來。「這算是我送給嫂夫人的一點賀禮。」

譚淵忙道：「這不能收，妳留著吧。」

殷七娘眼神黯然。「罷了，也許嫂夫人會嫌我的東西不乾淨。」

這話一出，譚淵無奈嘆氣，接過盒子。「我會轉交給她的，先替她謝過妳。」

殷七娘這才笑了笑。「你只說是老朋友送的，免得她多想。」

她確實心悅過譚淵，這樣一個英俊又正氣十足的男子，是多少女子心中的良人，但她也知道，自己配不上他。

如今譚淵有了相濡以沫的妻子，她是真心替他高興。

「她不是那種人。」譚淵想到蘇如意，唇角扯出些微弧度。

殷七娘幾乎要羨慕那個素未謀面的女子了，笑道：「快回去吧，我會替你辦好事的。」

譚淵沒多逗留，路過鎮上時，幫蘇如意拿了做好的衣裳，就回家了。

蘇如意的面前已經擺了十幾朵絹花，此時正在替譚星編好的傘作畫。

半晌後，脖子有些累，一抬頭便看見了站在門口的譚淵。

她放下畫筆，笑彎了眼睛。「你回來了？」

六子把東西放到桌上。「嫂子，那我先走了。」

蘇如意看他滿頭是汗，大中午的實在熱，又是為了她的事跑腿，忙道：「等一下。」

她跑到廚房，將溫在鍋裡的糖醋魚和幾塊山藥餅端過來。「時候不早了，你還沒吃吧？跟你譚二哥一起吃一點。」

六子忙擺手。「不了，我回家吃就行。」

「你家裡就一個人，煮飯還得再燒火，這是大哥上午抓的，還剩一整條呢。快吃吧，等會兒就涼了。」說著看向譚淵，示意他把六子留下。

譚淵拍了拍六子的肩膀。「你嫂子都發話了，就在這裡吃吧。」

六子清秀的臉紅了紅。「謝謝嫂子。」

兩人吃飯，蘇如意繼續畫傘。六子拿著餅子，嚐了兩口魚，讚道：「這是嫂子做的？好香啊！」

蘇如意笑起來。「那就多吃點。對了，你們今天去哪兒了？」

六子並不知道譚淵是瞞著蘇如意的，開口回答。「新街胡同。」

蘇如意好奇。「新街胡同是幹什麼的？」

譚淵瞥她一眼，原來她是想打聽他的行蹤，難怪留人吃飯呢。她總當著他的面耍小心思，卻又藏不住的樣子，很是可愛。

六子搖頭。「我也不知道，我是送二哥去的。」

蘇如意低頭，不再問了。

等六子吃完飯走了，她才問譚淵。「新街胡同是幹什麼的？」

譚淵慵懶地枕著雙臂。「妳不是不問我嗎？」

「不問你，是怕你不告訴我。」

「既然知道，還問什麼？」譚淵閉上眼，要午睡了。

蘇如意將傘放下。「不說就不說。你不說，我也知道。」

譚淵睜開眼睛，饒有興致地看著她。「妳知道什麼？」

「你肯定是去找女人了！」蘇如意篤定地說。

第十四章

這下，譚淵是真驚訝了，坐起身盯著蘇如意。「何以見得？」

「昨天你不是說過了，要以其人之道，還治其人之身。齊勇貪圖的無非就是女色，那你肯定會用女人布局。」她說完，頗為得意地看他一眼。「不是嗎？」

譚淵失笑。「看不出來啊，妳也有幾分斷案的天賦。」

「那你到底去找誰了？真是女人？」蘇如意語氣中帶了絲自己都未察覺到的急切。「什麼人會願意配合你做這種事？」

「一位老朋友。」譚淵打開桌上的包袱，新衣裳上面，放著一只精緻的木盒。「這是她送我們的成親禮，打開看看。」

蘇如意好奇地打開，裡面是一對碧玉耳墜。

凡是女人，沒有不愛首飾的，她驚喜地拿出來打量。水滴形的耳墜做工精緻秀氣，碧玉成色通透水潤，她不知在這裡價值幾何，但若放到現代，也要幾千塊，不算便宜了。

「你這位朋友是什麼人？這禮物太貴重了吧。」

譚淵不懂首飾，但想來是殷七娘藉此送他的謝禮。

「既然送給妳了，就安心收下吧。衣服也試試，不合身還能拿去改。」

蘇如意拿起一件淺杏色的半棉褙子，去屏風後換，順便將耳墜戴上，彎著唇角走出來，俏生生地站在譚淵面前。

「怎麼樣？」

淺杏色極為挑人，若皮膚黑一些、黃一些，都會被襯得黯淡幾分。但蘇如意天生麗質，身段窈窕，人與衣裳相互映襯，真如一朵嫩靈靈的含苞杏花一般。

這還是譚淵頭一回見她穿新衣、戴首飾，頭髮盡數盤起，嫩綠的耳墜晃晃悠悠，更顯雪頸纖細白嫩，讓他一時看得出了神。

蘇如意的面色更紅了，乾脆不問他，拿起鏡子照了起來。

譚淵暗暗感嘆，殷七娘這禮送得真是合適，竟與她如此相配。若說殷七娘是嬌媚，蘇如意便是美得出塵。

如果蘇如意不是嫁給了他，不是剛好被抓住，是否也會像她所說的那些姊姊們一樣，沒了利用價值後，被賣到勾欄院那種地方，終身以色事人？

蘇如意轉頭，發現譚淵的臉黑得跟什麼似的，不由疑惑。「怎麼了？有哪裡不合適？」

譚淵呼了口氣，招招手。「過來。」

蘇如意走到他面前。「怎麼了？」

他忽然握住她的手，軟軟嫩嫩，又靈巧無比。

蘇如意嚇了一跳，不由想掙開，卻被他握得更緊。「別動，我看看傷口。」

譚淵撩起她的袖子，本就不嚴重，但在她藕白的胳膊上，那傷口還是顯得極為礙眼。

「岳叔說傷口不深，堅持擦藥，不會留疤的。」

蘇如意嗯了聲，他的手永遠是那麼粗糙卻溫熱，遂輕輕抽了回來。「我去換衣裳。現在的天氣，還穿不著褙子呢。」

耳墜自然也摘了下來。喜歡歸喜歡，到時候離開，她可不能帶走人家朋友的東西。萬一讓周氏或齊芳看見，被她們要了去怎麼辦？

「對了。」換完衣服，蘇如意拿起一朵絹花。「明天我就把所有的絹花做完了，要送去鋪子，順便再拿些新的材料。你陪我們去，還是我和星星去？」

「讓六子送你們去吧，我明天有事。」

蘇如意好奇。「你不上山，不用砍竹子或打獵，也沒見野獸來過，到底在忙什麼？」

譚淵挑眉。「我在妳眼裡，就是個吃白飯的？」

蘇如意訕笑。「當然不是，我是真的不知道。」

「怎麼，下午要跟我來看看嗎？」譚淵躺下去。「想去就趕緊睡覺。」

睡了一覺，蘇如意與譚淵去了村裡。

三輛驢車都套好了，兩輛拉著各種鐵鍬、繩子和竹子，還有十來個男人在這裡等著。

「喲，隊長今天領嫂子來了？」大家頓時起鬨。

「她想去看看，你們忙你們的。」譚淵轉頭瞥蘇如意一眼，見她往他身後躲，微微扯了扯唇。

蘇如意不是沒見過男人，前世從小到大，有那麼多男性的同學跟朋友呢，但不習慣被如此打量調侃，遂安靜地站在譚淵身邊，更顯得文靜端莊。

將東西全搬上車後，一群人擠在第一輛車上出發了。

蘇如意坐在最靠裡面的位置，左邊沒人，右邊挨著譚淵。

出了村子就是山路，車子顛簸得更厲害。蘇如意晃個不停，車輪不小心被石子絆了下，蘇如意便朝譚淵倒過去。

譚淵的胸口已經被她手肘戳了好幾下，乾脆一把攬住她的腰，將她固定在墊子上。

蘇如意臉一紅，默許了他的動作，她都顛得屁股疼了。

到了山腳下，車終於停了，蘇如意趕緊跳下車，這才發現這邊有好幾個大坑。

護衛們已經忙開了，有的拿起鐵鍬挖新坑，有的搬下車上削尖的竹子，跳進坑裡，將竹子往坑裡埋。

蘇如意好奇地問：「這就是捉獵物的陷阱？」

「這可不是為了捉獵物，是為了防狼。」譚淵領著她，瞧山下的一片片陷阱。

蘇如意看著他的腿，覺得有點嚇人。「那狼什麼時候會來？」

「冬天。」譚淵駐足，往後山望去。「冬天牠們食物不夠的時候，就有可能襲擊村子。現在把陷阱佈置好，等開春了還要再填上，大家會從這邊上山，以免誤傷。」

如今的天氣才剛轉涼，山上還一片綠意盎然，生機勃勃。

蘇如意有些小心地看向山路。「狼在這片林子裡嗎？」

「在更深處，是平時大家不會去的深山。」

「那咱們進去轉轉吧？」蘇如意有些心癢。她本來就少出門，前世在城中生活，極少見到這般風景。

譚淵見她眼中滿是希冀，偏偏他的腿上不了山，暗暗咬牙，轉身喊道：「六子，陪你嫂子進去轉轉，不要往遠了走。」

六子丟下鐵鍬，拿了把獵刀。「好！」

蘇如意這才想起譚淵的腿，剛想說話，譚淵已經轉身，拄著枴杖往回走了。

她的興致忽然低了幾分，看著他緩慢的背影，胸口像被堵住一樣。

「嫂子，走吧。」

蘇如意搖搖頭。「不去了。」快步追上譚淵，笑著道：「算了，我的衣裳還沒乾，萬一弄髒，可沒得換。」

譚淵意外地看著她。「不是有新的？」

「我怕狼。」蘇如意抿唇。「你不是說，偶爾會有離群亂跑的？萬一我沒有楊姑娘的好運，沒人拚死救我怎麼辦？」

譚淵頓足，見她癟著嘴，忽然輕聲笑了。

蘇如意瞪他。「笑什麼？」

譚淵抬起枴杖，敲了敲自己的右腿。「還有一條呢。」

蘇如意愣了愣，這話的意思是？

還沒等她問，譚淵已經指揮護衛們佈置陷阱去了。

蘇如意在周圍轉轉，拿起護衛們放在車上的獵刀，隨手在近處砍了一堆柳條，坐下來編花籃。

這東西簡單多了，沒一會兒工夫，她就編了兩只，摘了些花草放進去，打算一只擺在屋裡，一只送給星星。

她剛起身，要把花籃放上車，忽然發現，幾尺之外，譚淵正倚樹而立，並未拄枴杖，而是雙手拉起弓箭，正瞄準某一處。

雖然她沒看見獵物，卻也屏住呼吸，緊緊地盯著譚淵。他的側顏冷峻認真，弓箭搭了半晌，手臂絲毫未動，但需要調整方向的時候，便得費力地挪一下位置。

如果他的腿沒事，一定會是個很厲害，也很恣意的男子吧？

她剛這麼想，譚淵的手猝然鬆開，箭矢帶著破風聲朝樹林飛去。

六子跑進林子，片刻後，興奮地提著一隻灰兔子鑽出來。「打到了！」

蘇如意驚訝地湊過去，見野兔被一箭刺穿，雙眼放光。「好厲害。」

譚淵把弓遞給六子，眼底帶笑。「拿著，晚上妳做。」

吃一頓肉不容易呀，蘇如意腦海中冒出好幾種吃法，提著兔子的耳朵，跟在譚淵身後。

「你的箭法也是當捕快學……」話音未落，本來死了的兔子忽然抽搐一下。

蘇如意瞬間臉白如紙，尖叫一聲，將兔子扔出去。

她的叫聲太嚇人，譚淵以為她碰到危險，剛回身，就被撲過來的她撞倒，站立不穩，兩人抱成一團，往坡下滾了好幾圈。

幹活的十餘人齊刷刷看過來，極少見到隊長這麼狼狽。

盧祥跟譚淵交情好，更是大笑，調侃道：「天還沒黑呢，譚兄也太心急了。」

村裡爺兒們說話葷素不忌，蘇如意一張臉早已紅透，忙從譚淵懷裡爬起來，跟六子一起去扶他。

「對不起，你沒事吧？有沒有傷到哪兒？」

譚淵灰頭土臉的，先是瞪了她一眼，才問：「瞎喊什麼？」

蘇如意發窘。「那兔子蹬了下腿，嚇死我了。」

六子把兔子撿起來。「這是掙命呢，沒事。」

蘇如意可不拿了，去拿她編的兩只花籃，耐心等著護衛們完事回村。

當晚，譚威幫忙處理兔子，蘇如意將兔肉分成兩半，一半幫不能吃辣的老人跟孩子做成紅燒地瓜兔塊，一半用辣椒炒了兔肉丁。

她大快朵頤，吃了個痛快，只是依然有點受不了辣，本就粉嫩的唇鮮紅鮮紅的。

譚淵默不作聲地把水杯遞給她，想起那天她被他親了一通後，也是這個模樣。

回屋後，蘇如意將花籃用繩子吊在床柱上，為這個灰撲撲的小屋子添了幾分顏色。

譚淵擦洗完，見她正在收拾絹花，在榻上坐下，斟酌著該怎麼說。

兩人成親也有二十餘天了，從一開始的互相嫌棄，到現在想好好跟她過日子，圓房是必然的事。

前幾天，她被下藥，一是地方不合適，二是他不想在她神志不清的情況下洞房。但他是個正常男人，日日面對嬌美小妻子，也是備受煎熬的。

蘇如意準備睡了，發現譚淵還坐在那裡。「怎麼還不睡？」

「不怎麼睏。」譚淵看著她，剛漱洗完的小臉乾淨清爽，額前的幾縷髮濕了。昏黃的油燈下，柔和得像幅美人畫。

蘇如意用手擋住唇，打了個哈欠。「那我先睡了，明天又要坐好久的車。」

譚淵想起她每次坐車去鎮上，身子都被顛得像散架一樣，頓時歇了做些什麼的想法，輕嘆口氣。

「睡吧。」

鎮上一如既往的熱鬧，六子在集市口守著驢車，蘇如意和譚星去鋪子裡。

林掌櫃看見蘇如意，鬆了口氣，笑道：「這些絹花最少是八、九天的量，小娘子五天就做好了？」

「在家無事，做得快些。」

林掌櫃讓夥計看店，帶蘇如意去耳房算帳。譚星來之前就知道有多少朵了，不需要跟著去看，卻不曉得蘇如意做的盒子有機關，還有個夾層。

「這些是普通樣子。」蘇如意打開匣子，一共二十朵。

林掌櫃一一看過，哪怕樣子不稀奇，她做的也比店裡那些細緻許多，那是更精巧的基本功和手法，與樣式無關。

更難得的是，他好奇地拽了拽紗花。「小娘子用的是什麼膠？怎麼黏得如此結實？」

這個，蘇如意可不能告訴他了。「就是普通的膠，可能是我用的多一些。」

林掌櫃迫不及待道：「其他的呢？」

蘇如意將夾層裡的十五朵拿出來。「您看看。」

材料用得好，賣相也是看好地往上竄，林掌櫃笑得嘴都合不攏了。有這樣的上家，還愁貨不好賣嗎？

「二十朵是一百文，也就是一錢銀子。十五朵是一百五十文。」林掌櫃還特意將兩筆錢分開給蘇如意。當初的書契也簽了兩份，想也知道，另一份定是蘇如意不想讓別人知道的。

蘇如意將自己的那份裝進荷包裡。「掌櫃，您這裡可還有什麼其他需要做的東西？」

林掌櫃瞧著這堆絹花，能賣些日子了，便道：「蘇小娘子的女紅，想必也不錯吧？」

蘇如意很不謙虛地點點頭。「尚可。」

「那就好。荷包、手帕、團扇或腰帶什麼的都可以。價錢嘛，到時候看成品再說。」

經過這一回，兩人建立了初步的信任。蘇如意點點頭，起身出來挑材料。

「二嫂，好了嗎？」譚星在外面喊。

蘇如意把一百文交給她。「等我拿些材料，就能回去了。」

她有針線，而且比這裡的要好許多。團扇繡起來太費功夫，價錢還便宜，最後只拿了一疋布料，和十幾朵絹花的材料。

蘇如意帶譚星去買了五、六顆梨子，花了七文，跟半斤肉的錢一樣多了。可能因為這邊的氣候偏北方，種不了太多水果，運送又難，水果不但少，還不便宜。起碼蘇如意來的這些日子，就沒見譚家買過。

她給了六子一顆，剩下的拿回家分著吃。

進了村子，蘇如意實在是坐不住了，下車步行。譚星沒下車，先送東西回家。

快到家的時候，她頓住了腳步。

隔壁的東牆角下站著兩個人，一個面對著她，是楊婉；一個背對著她，是譚淵。

不知為什麼，她鬼使神差地退了兩步，隱身在樹後。

兩人說什麼，她聽不到，但清楚看見楊婉正在哭，然後譚淵不知說了什麼，楊婉忽然又笑了，快步離開，譚淵也慢悠悠地回了家。

蘇如意攥了攥袖子，難道楊婉已經和周成和離，所以來找他和好？

但譚淵說過，楊婉和不和離都與他無關，那楊婉笑什麼？

另一邊，譚星已經到家了，把東西送進二房，又把九十三文錢交給周氏，笑嘻嘻地把梨子放下。

「我想吃了，纏著二嫂買的。」

周氏看她一眼。「就妳嘴饞。」看著一串銀錢，就沒計較。

譚淵進來，看了一圈，問譚星。「妳二嫂呢？」

「她坐累了，進村子就下車了。」譚星往院子裡張望。「這會兒也該回來了呀。」

齊芳拿起一顆梨子幫小石頭削皮，聞言道：「妳怎麼能讓她一個人呢？該不會是乘機跑了吧？」

周氏皺眉。「快，出去找找。」

譚淵攔住譚星。「她的賣身契還在呢，又沒家沒父母的，能跑哪兒去？既然她嫁進來了，就是譚家人，不是犯人，難不成以後要時時刻刻看著她？」

「那可說不定。」齊芳不以為然。「人家有手藝在身，現在自己也能賺錢，未必願意留在我們家。不是我說話難聽，二弟的腿不好，就她那樣貌，就算想再找也不……」

譚淵猛的喝道：「大嫂慎言！」她那混帳弟弟對蘇如意下藥的事，他還沒算帳呢，她又來惹事生非。

齊芳被嚇了一跳，果皮應聲而斷。

譚淵黑著臉。「這是我們夫妻的事。同住在一個屋簷下，不是為了聽妳每天編排我妻子的。若是大嫂管不住自己的嘴，咱們就分家。」

屋裡的人都被他嚇到了，譚淵性子冷歸冷，卻是極少發脾氣。當過捕快、抓過犯人的譚淵凶悍起來，氣勢還是很嚇人，連周氏的呼吸都窒了窒。

「老二，有話好好說。」

譚淵冷眼掃過齊芳。「到底是誰不會好好說話？恕我說句難聽的，以後一家子賺的錢都未必有她一個人賺得多，不說把她供起來，最起碼也要平等看待她吧？讓她做牛做馬，不是在折辱她，是不把我當這個家裡的人。」

周氏看著次子惱怒的臉，發現他是把蘇如意這個媳婦兒放在心裡了，不得不承認，其實她內心也沒把這個花錢買來還偷過錢的女人當作兒媳婦。

但除了那件事，她也挑不出別的毛病，嘆口氣。「娘知道了，只要她能安安分分，娘不會虧待她的。」

譚淵一聲不吭地回屋去了，齊芳這才喘了口氣，委屈道：「娘，您看二弟，我也是提醒一聲。」

周氏把錢收起來。「妳少說幾句能怎樣？別忘了，小石頭念書還得指著她呢，真要鬧僵，誰也拉不住老二那性子。」

譚星也暗暗撇嘴。齊芳整天拿大嫂的身分教訓人，她都想替自己二哥拍手叫好了。

她一出正屋，看見蘇如意也回來了，將手裡的梨分給她，便去做飯。

第十五章

蘇如意拿著洗乾淨的梨回了屋，發現譚淵臉色也不是很好看。難道是因為剛跟楊婉見過面的關係？夾在兩人中間為難了？

蘇如意不想問。既然打算離開，這件事本就與她無關。

她在床上一坐，拿起梨子啃起來，喀嚓喀嚓的，聲音甚是清脆。

譚淵扭頭看去，按照她以往的性子，怎麼也得分他半顆。

可是，她一點給他的意思也沒有。剛剛他替她出了頭啊，不說邀功吧，怎麼回來後還無視他呢？

「咳。」

蘇如意抬頭，瞥他一眼，又埋頭吃了起來。

譚淵皺了皺眉，看著桌上的布疋。「這是用來做什麼的？」

「荷包，腰帶。」

譚淵低頭看看自己的腰帶。「我這腰帶都磨舊了，要不，妳也幫我做一條？」

「行啊。」蘇如意淡淡地說：「給錢。人家做這個也是要本錢，不是白送我的。」

譚淵不悅起身，蘇如意何曾跟他這樣說話？難道是他最近對她太好，把她慣出脾氣了？他從荷包拿出二十文，拍在桌上。「好好做。做不好，我可要讓妳重做。」說完，出了屋子，去了廚房。

蘇如意輕哼一聲，毫不客氣地把銅錢收起來，離攢夠贖身錢又近了一步。

譚淵進廚房就問：「你們今天在鎮上發生什麼事了？」

「啊？」譚星切著馬鈴薯。「沒發生什麼啊。」

「那妳二嫂有沒有什麼不對勁？」

譚星莫名其妙地看著譚淵。「能有什麼不對勁？路上她還給了六子哥一顆梨，說平時二哥多受他照顧了呢。」

「難道剛才大嫂的事，妳跟她說了？」

「當然沒有。」譚星搖頭。「幹麼去火上加油啊，我是那樣的人嗎？」

這頓午飯的氣氛特別怪。周氏不說話，一邊自己吃、一邊餵小石頭；齊芳被譚淵訓了一頓，不服氣，又不敢多說什麼；譚威一貫埋頭，吃自己的。

蘇如意和譚淵更是誰也不搭理誰，臉上沒有表情，譚星就更不敢說話了。

蘇如意吃得少，吃完說了聲，就回屋躺著了。

譚淵隨即放下筷子，跟了進來。

這些日子，兩人逐漸了解彼此，相處也和諧多了。他都打算跟她圓房，好好過日子了，今天突然給他臉色瞧了，他可受不住。

「等等再睡。」他的枴杖敲了敲床沿。

蘇如意翻過身。「做什麼？」聲音裡都帶著氣。

「妳可是對我有什麼不滿？」

「沒有。」

「那妳是在使什麼性子？」

蘇如意輕嗤了聲。「我使什麼性子了？譚公子說說？」

「譚公子？」譚淵咬著牙，一把將枴杖扔了，坐在床上，嚇得蘇如意一骨碌爬起來。

「你幹什麼？」

「我是譚公子？」譚淵一把拽住她往裡縮的手腕。「也是，今天我就讓自己變成妳名副其實的夫君！」

聽出他話裡的認真，蘇如意終於發現問題有多嚴重，剛才還硬得不得了的嘴，立時一改口風。

「等等，我有話說。」

「說！」

「你、你要是把我……守身如玉這麼久，不是白費功夫了，以後不好向別人交代。」

譚淵氣笑了。「我為誰守身如玉？我睡自己的夫人，需要向誰交代？」

他說完這句，忽然沈默了下，拉近蘇如意，盯著她問：「妳看見我跟楊婉說話了？」

蘇如意抿唇。「有句話說得好，東西是新的好，人是舊的好。我願意成全你們。」

譚淵氣結，敢情他前幾天跟她說的話全白說了。

他一掀袍子，將鞋踢掉，欺身壓過去，喘著粗氣道：「好，那就先成全成全為夫吧！」

蘇如意手腳並用地推他，奈何譚淵的腿雖有些問題，但一身練過武的肌肉可不是作假的，絲毫不能撼動。

「譚淵，你不能強迫我！」蘇如意的小臉都白了，她毫無準備啊。

譚淵用手指捏住她的下巴，死死盯著她。「我強迫妳？妳是我正兒八經娶進門的夫人，我與自己夫人圓房叫強迫？」

蘇如意可憐巴巴地用小手推著他的胸膛。「咱們先把事情說清楚。你在生什麼氣？」

「我生氣？」譚淵低頭在她可惡的嘴上狠狠咬了一口。「生氣的不是妳？一回來便對我擺臉色。」

蘇如意瞪大眼睛，捂著發疼的嘴。「你是狗嗎，怎麼咬人？」

「誰叫妳說的話讓人生氣。」譚淵一手壓著她的兩隻胳膊，另一隻手撐著床板。「說吧，妳心裡在氣什麼？」

蘇如意氣什麼？她現在才發覺自己竟然一直在生氣，從看到他跟楊婉單獨見面的時候，心裡就有氣了。

「我……」蘇如意舔了舔唇。

譚淵看得呼吸又是一重，指腹擦過剛剛咬的地方，平緩了氣息。「妳在吃醋？」

蘇如意茫然看他。「吃什麼醋？」

「妳看見我跟楊婉說話，不高興了，才衝我耍脾氣？」冷靜下來的譚淵漸漸釐清思緒，眼裡有了笑意。

蘇如意嘴巴微張，想也不想便搖頭否認。「怎麼可能，我有什麼可吃醋的？就算你真的要跟她和好，那也是你的自由。」

又開始氣他了。

譚淵深呼口氣，耐著性子道：「蘇如意，我再跟妳說最後一遍，我不會跟她有任何關係。我是妳的夫君，現在是，以後也是。」

蘇如意心想，可她決定要離開呀，嘴上問出來的卻是：「那你們在說什麼？」

「她為前幾天的事向我道歉，我讓她好好過自己的日子。」
「就這樣？」
「不然呢？」
「那她哭什麼？又笑什麼？」
譚淵抬了抬身子，看著她認真的模樣失笑。「她願意哭就哭，願意笑就笑，我還能攔著不成？」
蘇如意又問：「那我剛回來的時候，你的臉色那麼差，是怎麼了？」
「跟大嫂拌了幾句嘴。」譚淵盯著她。「不信？去問星星。」
蘇如意一愣，敢情她全想錯了，白氣了一場，還弄成現在這局面。
她洩了氣，道：「你起來，你太重了。」
譚淵本來還不知道怎麼開口呢，自然要把握住這天賜良機。
「對不起，誤會解開了。妳是我的妻子，拖了這麼久，咱們也該圓房了。」
蘇如意倒吸口氣。「你真要圓啊？」
譚淵見她反應如此大，道：「這叫什麼話？難道妳永遠不想圓房了？」
蘇如意怎麼敢說她打算贖身，挪了兩下，想抽身出來，卻被譚淵的大手按住。
「別動！」

蘇如意驚愕地睜大眼，感覺到他某處的變化，小臉立時紅透。

「你、你怎麼……」

譚淵的額頭上冒出汗珠。「我是個男人，難不成真以為我像妳造謠的那樣不行？」

「我……我沒準備好。」蘇如意嚇得不敢動。「聽說很疼。」

譚淵抬手摸摸她的頭髮。「總要經歷的，我會輕點。」

蘇如意快哭了。「我害怕……我才十七歲，聽說年紀太小生孩子，容易死人。」都快胡言亂語了。

「那就晚兩年再要孩子，我會注意的。」譚淵不想忍了，低頭去尋她的唇。

蘇如意忙偏過頭，做最後的掙扎。「不行，現在是白天。」

譚淵往外看了一眼，陽光刺眼，確實……不好盡興。而且，她臉皮薄成這樣，恐怕也放不開。

他暗嘆口氣，不甘心地狠狠親了她一口，一把將她摟進懷裡。

「睡吧！」

「你不回榻上嗎？」

譚淵閉上了眼。「不回去。以後，我回床上睡。」

那還了得?!

蘇如意忙要起來。「那我去榻上吧。」

她剛動，就被譚淵一把壓下。「再囉嗦，我現在就要了妳！」

蘇如意僵硬地待在他懷裡，哪裡還有半點睡意，滿腦子都是晚上該怎麼辦？

不久後，譚淵的呼吸漸漸深沈，蘇如意小心地挪動，他卻收緊了手臂，雙手便緊緊貼在他的胸膛上。

蘇如意能感覺到他強而有力的心臟跳動，熱而重的氣息就噴在她頭頂，她從未和一個男人如此親密過。

她知道自己不討厭譚淵，甚至，他這樣抱著她，她也是不排斥的。但她真的要跟這個男人過一輩子嗎？她沒想過。

等譚淵睡沈，蘇如意輕輕從他懷裡爬出來，神情複雜地盯著他看。

譚淵長得很好看，清俊卻不粗獷，加上他練過武，自有一身氣度，難怪楊婉念念不忘。唯一的缺點，大概就是他的腿。但她不是因為這個才想離開的。她的想法很簡單，就是自由。

可以奮鬥出自己的一片立足之地，不需要看任何人的臉色，不需要替任何人賺錢，想吃肉就吃肉，想懶著就懶著，像前世一樣。

可現在的局面，她也不能說譚淵就不對，畢竟她是人家花錢買來的，明媒正娶，賣身契也在他手裡。他想對她做什麼，其實她沒理由拒絕，那是人家的正當權益。

她越想越亂，越亂越煩躁，遂小心地越過譚淵下床，理好衣服和頭髮，去了譚星屋裡。

譚星體力好，這會兒早就歇夠了，正編傘呢。窮人家的孩子早當家，十二、三歲的孩子偶爾才惦記著玩，大多時候都想著賺錢補貼家用。

「二嫂，妳歇夠啦？」譚星調侃。這個二嫂哪裡都好，就是身子骨太嬌弱了。

蘇如意一臉嚴肅，在榻上坐下。「中午，妳二哥跟大嫂吵架了？」

譚星抬起眼。好啊，二哥不讓她說，結果他的嘴這麼快。

「也不算吵架，應該說是二哥訓了她。」

蘇如意來了精神。「怎麼回事？妳說說。」

譚星放下傘，學著譚淵的語氣，繪聲繪影地學了一通。「妳沒看見大嫂當時的臉色，都嚇傻了。」

蘇如意心下一動，原來他沈著臉，是因為齊芳對她的誣衊；原來他在家人面前，也是有為她爭取和出頭的。

譚星見狀，輕輕戳她。「我真沒見過二哥對誰這麼好。」

蘇如意漫不經心地拿起傘看著。「那對楊婉呢？他可為她丟了一條腿呢。」雖然譚淵已經解釋，但誰知是不是他怕她多想，特意說得雲淡風輕，畢竟誰能輕易為了別人不要命呢。

譚星可不傻。「二哥與她如何相處，我是不知道，可我知道二哥丟了腿，楊家要把楊婉嫁給周成的時候，二哥只是一天沒說話，第二天就沒事了。還說本來就沒訂親，人家愛嫁誰就嫁誰，還沒今天大嫂說了妳兩句發的脾氣大呢。」

蘇如意聽完，起身道：「妳先忙吧。」

她覺得有必要好好跟譚淵談談，把話說開，不想糊裡糊塗把她的一輩子交出去。

蘇如意回屋，一關門，床上的人醒了。

譚淵揉了揉眉心，見蘇如意一本正經地坐在他對面。

「怎麼了？」

「關於……關於圓房的事。」

譚淵面無表情坐起身。「怎麼？圓房就讓妳這麼為難？」

蘇如意認真道：「在我的內心深處，我一直覺得婚事不是一場買賣，那是要與自己過一輩子的人，一定要互相喜歡跟尊重。當然，你救我出了火坑，我是感激你的，可感激也有很多種報答方式，比如我可以幫譚家賺錢，也可以教星星手藝，但親事不該包含在內。」

「繼續。」譚淵沈聲道。

蘇如意硬著頭皮說：「我知道，在你家的人心中，我只是個花錢買的人，與商品無異，所以可以隨意被輕賤，比其他人低人一等。我不能決定吃什麼、買什麼，甚至你要與我圓房，我也不能說不。」

譚淵的臉色越來越黑。「妳與我說這些，就是想告訴我，妳不願跟我圓房？」

蘇如意不敢說得太死，怕惹惱了他。「我就是……就是還沒想好，還沒準備好，想讓你給我一點時間。」

「什麼時間？」

「喜歡上你的時間。」蘇如意認真道：「我會把你當作要與我共度下半生的男人對待。我想知道，你是不是可以託付終身的人。如果你不願意等，我……還是會答應與你圓房。」

蘇如意低著頭，她在賭，賭以這段日子對譚淵的了解，他不會強迫她，他也有自己的傲氣和自尊，定然不屑用強。否則那天她被下了藥，不就是最好的時機？

房間裡安靜了很久，譚淵才開口。「多久？」

蘇如意立刻道：「今年，今年之內。」

她算過了，光靠絹花不夠，她還要接些高價的活計。原主的記憶中，嚴婆曾買過一個木雕的亭樓，值好幾兩銀子，她也會做那東西。

年底，她要努力攢夠十兩銀子。她也不是全然騙譚淵的，如果她沒喜歡上他，就用這錢贖身；要是決定跟譚淵過日子了，她也要替自己留後路，不可能把賺的錢都給周氏。

「好。」譚淵看著面前的蘇如意，他不信自己不能讓這個小女人心甘情願。

他起身拿起枴杖，蘇如意忽然湊了過來。「別動。」

譚淵定住，見她從工具箱拿出一卷材料特殊的尺，繞過了他的腰。「做什麼？」

「幫你做腰帶啊。」蘇如意語氣輕快。話說開了，關係明朗，她覺得相處起來反而自在，不需要猜東猜西，也不需要心驚膽戰。

譚淵看著胸膛前的小腦袋，輕嘆口氣。「從今天開始，我要回床上睡。」

蘇如意驚訝地仰起頭，譚淵不悅道：「妳不是說要將我當夫君看待？哪有讓夫君睡榻上的？放心，我說了，不會碰妳。」

「好。」人家都退一步了，蘇如意只能點頭。

第十六章

等譚淵出門後，蘇如意就開始畫樣圖。古代腰帶有玉石的、金銀的，譚淵的穿著樸素，配布的最適合。

她拿回的這疋布，是有好幾種顏色捲在一起的。她想了下譚淵常穿的衣裳顏色，剪了一段青藍色的布。

圖樣畫的是簡約又大器的松樹，蜿蜒盤繞腰帶一圈，上下有絳紅花紋，不會顯得單調。

不知為何，她就覺得松樹很配譚淵。刺繡便是慢工出細活了，林掌櫃鋪子裡賣的腰帶，中規中矩的花樣，也能賣三、四錢銀子。不管什麼時候，人工果然都是最值錢的。

譚淵可能沒自己買過腰帶，舊的那條跟布條差不多，也沒刺繡。只給二十文，真是請半個人做都不夠。

她做一條得花兩、三天工夫，怎樣也能分個二百文吧？何況線還是她自己出的呢。

不過，因為譚淵今日維護她，又答應了她的請求，她願意費些事，先幫他做一條。

晚上譚淵回來時，她就收起來。要是讓他天天看著，一點點完成，就不新鮮了。

吃晚飯時，蘇如意便開始忐忑了。想起今天要同床共枕，手心都在冒汗。

擦洗過後，她換上中衣，趁著譚淵漱洗時，又抱了一床被子鋪好。因為他腿腳不便，便自覺地睡到裡頭的位置。

譚淵從屏風後出來，就見她已經面朝裡睡下了。

譚淵不想嚇到她，打算循序漸進。她那性子，就適合溫水煮青蛙。

熄了燈，他鑽進自己的被子。

床上驀然一重，蘇如意的身體也跟著一僵。

「手。」

蘇如意裝睡，當作聽不見。安靜片刻後，譚淵將手伸進她被子裡，把她的手拽出來。

「妳說過要慢慢來，自然要習慣我的靠近。不然再給妳一年，妳也不會準備好。」

蘇如意無話可說，只能任由他握著她的手，他的拇指還細細摩挲她的手背。

她忍著從手上傳來的異樣感，道：「你這樣我睡不著。」

譚淵不動了，握著她的手放在他的胸口上。「好，睡吧。」

當初蘇如意跟他睡同一間屋子，還花了好幾晚習慣呢，何況是如此親密。直到二更天了，才迷迷糊糊睡著。

隔天一早，譚淵醒來後，蘇如意還沒醒。手早就抽回去了，但面朝著他，睡得正香。

她的青絲略亂，小臉睡得紅撲撲的，嘴巴微微嘟起，樣子嬌憨得很。

譚淵忍不住伸手替她撥開髮絲，若是每天醒來身邊有個她，也是美事一件。他給她時間習慣，但不可能給她反悔的機會，不可能放她走。不如說，新婚夜的第一面，她就入了他的眼，否則早送她去了官府。

譚淵小心地起了床，先去村後轉一圈，靠樹做支撐打了一套拳。就算腿殘了，他也不想真的當個廢人，依然勤於鍛鍊身體。

譚淵和蘇如意有了進展，齊勇卻是提心吊膽了好幾天。但事情過去這麼久，沒人找他，想來是沒事了。

想想也是，他們沒證據說是他下藥的，何況兩家還有親戚關係，便漸漸放下心。但一時半刻，他是不敢再去譚家了。

這天，他又揹著山貨和李氏的繡品去鎮上賣，好半晌都沒客人，正百無聊賴，忽然眼前一暗，一道清甜如黃鶯的聲音響起。

「這帕子怎麼賣？」

齊勇抬頭，眼中頓露驚豔，站在攤前的女子著一身紅色收腰長裙，膚若凝脂，一雙桃花眼彷彿能掃入人心一般，竟不遜於蘇如意幾分。

若蘇如意是亭亭淨植的芙蓉，眼前的女子便是豔麗又張揚的薔薇，一顰一笑盡顯風情。

「公子？」殷七娘歪頭。

齊勇猛的回神，忙殷切地笑道：「不貴，只要五文。」

殷七娘拿起來，如削蔥般的嫩指撫著針腳，片刻從荷包拿出銅錢。「我要了。」

齊勇接過，有些捨不得她這麼快走，忙又道：「姑娘，要不要再看看別的？」

殷七娘自然又停下來，仔細看了看。「快冬天了，家裡也該存些乾貨。可是太多了，我拿不動。」

看著美人微惱，齊勇一顆心早像貓抓似的了。「我可以幫姑娘送過去。」

殷七娘猶豫了下，才點頭。「好吧，麻煩了。」

齊勇收拾好東西，揹著筐。「姑娘住哪裡？」

「不遠，就在鋪子後面這條街。」殷七娘領著他走了一刻鐘，便到了一間小院子前，拿出鑰匙打開鎖。「請進吧。」

齊勇哦了聲，打量著。「難道姑娘就一個人住？」

殷七娘神情黯然。「我從小沒有爹娘……」說到一半，把錢拿給他。「煩勞了。」

齊勇還在想用什麼理由多留一會兒，忽然聽見咯吱一聲，一個身材乾瘦的男子推門進來，看見殷七娘，頓時一臉怒氣。

「原來妳躲在這裡。跟我回去！」

殷七娘臉色一變，忙躲在齊勇後面。「你怎麼找來的？」

齊勇愣了一下。「他是？」

男子看見齊勇，氣道：「好啊，難怪妳不肯理我呢，原來是早就找了相好的，看我不打死你！」說著便朝齊勇衝去。

齊勇也嚇了一跳。「這是誤會！」

殷七娘帶著哭腔，小聲道：「公子，請你幫幫我，他一直在糾纏我。如果被他帶走，我會被折磨死的。」

美人在耳邊軟聲哀求，眼前男子看著又弱不禁風，齊勇一下硬氣起來。「別怕，妳先進屋躲躲。」

等殷七娘進去後，齊勇拿起牆邊的扁擔，朝著男子掄過去。「沒聽到人家不想見你嗎？給我滾！」

男子嚇得左躲右閃。「你們這對狗男女！」

「還不滾！」齊勇見男子根本沒那麼厲害，更神氣了，上前追打，男子果然嚇得一溜煙跑了。

齊勇扔下扁擔，拍了拍手。「姑娘，沒事了。」

殷七娘從屋裡出來，哭得梨花帶雨，別提多惹人憐惜了。

齊勇道：「姑娘不要怕。他是什麼人？要不要報官？」

殷七娘擦了擦淚，在石凳上坐下。「他是我的恩客。」

齊勇眼神一變。「姑娘是……」

殷七娘哭得更凶了。「我知道大家都瞧不起我們這行，可我有什麼辦法，我也是被從小賣進去的，身不由己。如今贖了身，卻也不可能有正經人家要我。今日謝謝公子，你走吧，免得被人傳出閒話來。」

齊勇的心情確實複雜了一瞬，但也僅僅是一瞬而已。這麼個美人，竟然肯向他坦白身分，他在她眼裡肯定是不一樣的。

況且，他若能得她青睞，還惦記蘇如意做什麼？一樣快活快活，管她是什麼身分。

於是，齊勇在她對面坐下，擺出一副自認為深情款款的模樣。「姑娘不必如此。妳也是個可憐人，我怎會瞧不起？而且姑娘已經贖身，便是良籍了。」

殷七娘抬頭。「公子不會瞧不起我？」

「當然不會。」

殷七娘欲語還休。「他今天走了，說不定明天還會來。」

齊勇當即道：「那我明天也來，保證他不敢對妳怎麼樣。」

「真的？」

「當然。」齊勇沒想到自己也有英雄救美的一天，言之鑿鑿。

殷七娘感激道：「那我先謝過公子。時候不早，公子先回去吧。」

齊勇不想走，但想到以後還能來，不能留下輕浮的印象，便起身幫她將山貨倒在籃中。

「對了，我叫齊勇，還不知姑娘芳名？」

「殷七娘。」

「七娘……真好聽。」齊勇再怎麼裝，都遮掩不住眼中流露出的色慾。

殷七娘笑吟吟送他出去，一關門，臉色便冷了下來。

就這種貨色，也配跟譚淵搶女人？只要譚淵的夫人不瞎，都不可能放下那樣的男子去跟齊勇。

她之所以沒隱瞞自己的名字和身分，是因為早晚要對簿公堂，隱瞞不住。

而且，齊勇若知道她曾是青樓女子，心裡必然看輕幾分，不會打算娶她，卻更容易對她動歪心思，到時候便能收網了。

殷七娘打算在鎮上住幾天，洗了臉，便出門轉一轉，她少有如此清閒的時刻。

她的玉關樓有繡娘，就懶得去布店，瞧見賣首飾和水粉的鋪子，便進去看一看。不過，到底是鎮上，品質哪裡比得上縣裡。

她意興闌珊地準備回去，轉頭瞥見貨架上的絹花，眼睛一亮，拿起一支蘭花簪子打量。

林掌櫃湊過來，笑道：「姑娘識貨。我們的絹花可是連縣裡都沒有的，您戴上看看？」

殷七娘知道他不是在誇大，比起縣裡的東西，確實毫不遜色，便對著鏡子簪上。

蘭花清純聖潔，做工栩栩如生，戴在她頭上，居然襯出幾分不俗。

「掌櫃是從哪裡進貨的？」有好東西，她當然不能只想著自己，樓裡的姑娘們也需要。

林掌櫃神秘一笑。「可不是進貨，有位姑娘不時會做幾朵拿來我這裡賣。」

殷七娘並不懷疑，要是有這種貨，縣裡早就賣了。「還有多少？我全要了。」

蘇如意剛送來兩天，二十文這批已經賣出八朵。「還剩七朵。」

「不夠。」殷七娘一一看過，確實都是好東西。「那位姑娘什麼時候再送來？我可否提前預訂？」

林掌櫃見她打扮光鮮，想必有錢，忙道：「當然沒問題，但她來的時日不一定，可能五、六天，也可能十來天送一次。」

殷七娘想了想，道：「那我隔幾天來一回，掌櫃千萬記得幫我留著。」

林掌櫃笑著應了。

現在蘇如意確實沒工夫做絹花，腰帶已經完成一大半，這天下午她正打算收尾，家裡來了一個意外之客。

「岳姊姊，妳怎麼來了？」譚星詫異道。岳瑩與楊婉交好，自從楊婉嫁給周成後，她就再也沒來過譚家了。

岳瑩往蘇如意屋裡瞧了一眼。「我有事找蘇如意。」

蘇如意把東西都收好，才推門出來。「岳姑娘找我，可是有事？」

岳瑩還是直來直去的口氣。「為什麼妳最近不去大院兒了？」

「我不是已經教會大家製傘了？」

「可其他人做的，賣價都比妳便宜呀。」岳瑩道：「村長讓我來找妳，希望妳能親手做些。還是，妳又在做別的東西了？」

蘇如意擰起眉，這父子倆果然沒死心，想從她身上壓榨其他東西，怕她不給，特地要人來警告她。

「村裡做的傘，都會給我分紅，我自然不需要再每天動手。最近我忙著幫譚淵繡腰帶，沒有其他工夫。」

「真的？」岳瑩不信。

蘇如意乾脆拿出快完工的腰帶。「騙妳幹什麼？」

岳瑩只是來刺探情況的，見狀便不再多問。「那等妳繡好了，還是去幫村裡做傘吧。我先走了。」說完就離開了。

譚星知道做絹花比做傘賺得多，傘做得慢，村裡還要抽成，便問：「二嫂，怎麼辦？」

蘇如意絲毫不放在心上。「能怎麼辦？不去。村裡說多勞多得，我不勞也不拿那份錢，誰管得著？難不成還犯法？」

譚星笑著湊過來。「二嫂這副樣子，越來越像我二哥了。」

蘇如意愣了下，瞪她一眼。「瞎說。」

「我才沒有。」譚星跟著蘇如意進了屋。「還記得頭一次村長逼二嫂教傘的時候，二嫂嚇得不敢說話。再瞧瞧現在的樣子，可不就是像二哥了。」

蘇如意都沒察覺到，好像是有一點點像……但她肯定不會承認。

「妳就會幫他貼金。他厲不厲害不知道，有個好妹妹是真的。」

晚上睡覺的時候，蘇如意還是跟譚淵提了這件事。

譚淵捏著她的手指。「妳怎麼說的？」

「我說在忙。反正我是不打算去，有本事他就來抓我。」

譚淵輕笑一聲，微微用力捏了她一下。「行啊，長本事了。」

蘇如意抽了下手，沒抽回來。「我是問你會不會有事？村裡是一起勞作，我這樣私自賣東西，被知道了怎麼辦？」

「並不是所有村子都這樣的。」譚淵幽幽道：「周志坤利用村長的身分，將經濟命脈捏在手裡。雖然大家習慣了，但若鬧起來，妳猜他每年收那麼多抽成，手裡乾不乾淨？」

蘇如意轉過身。「那村裡的人為什麼不說話？」

「圖個安穩罷了。」譚淵忽然道：「妳會的東西是不是很多？」

蘇如意頓了下。「算不少吧。」

「妳可以選幾樣，再教給大家。」

「為什麼？」蘇如意詫異。

「村民就該聽村長的，這是大家根深柢固的想法，安穩的時候，誰也不願生事。其實，有些事，只是缺個引子罷了。」

蘇如意好像明白了。「你的意思是，讓我跟大家打好關係？以後有什麼事，可以拉大家站在我們這邊？」

譚淵被「我們」這兩個字取悅了，也轉過來面對著蘇如意。

「這只是其一。以前村裡做的東西中規中矩，利潤就那麼一點，大家也心知肚明。可妳做出來的不一樣，價錢高，周志坤抽得也更多。時日久了，大家的利益一再被剝削，擋人財路猶如殺人父母，到時候再來一把火，便能徹底清理掉這隻蛀蟲。」

蘇如意被他說得有些熱血沸騰了。「我看，你不該當捕快，應該去當官。」

「這麼看得起我？」譚淵笑著，輕咬了下她的手指。「睡吧。」

蘇如意微微抖了下，彷彿有電流自指尖流入四肢百骸，心裡懊惱，剛想訓斥兩句，他卻已經抱著她的手睡了。

第十七章

第二天一早，譚淵穿衣的時候，蘇如意下床道：「等等。」從抽屜拿出昨天完工的腰帶。「你試試看。」

譚淵拿在手裡打量，整條腰帶的配色很清新，綠松盎然傲立，雅意十足，針腳細密精緻，絲線還有些亮閃閃的，簡直比知縣公子繫的還好看。

他扯唇角，又遞給她。「妳幫我繫。」

蘇如意瞪他一眼，不過這腰帶確實分前後。她接過來，從他的後腰繞過，將圖案位置調好，繞了一圈，剩下的帶子從兩端塞進去壓到腰帶下，自然垂落。

她弄好後，退開幾步打量，譚淵今日剛好穿著一身淺色藍袍，簡直襯極了，不由滿意地點點頭。

「好看。」她滿意自己的手藝，但這樣的腰帶，也要佩戴在像他這樣身材、儀表無可挑剔的人身上，才不浪費。

譚淵摸了摸腰帶上的刺繡。「這怕是不夠吧？」

蘇如意疑惑。「什麼不夠？」

譚淵挑眉。「二十文可不夠吧？」顯然是在調侃蘇如意那天衝他要錢。

蘇如意哼了聲。「怎麼，你要補上？」

「嗯。」譚淵居然認真地點頭，從袖中拿出荷包。「就這麼多了，妳自己點吧。」

蘇如意剛要說不用，譚淵已經出去了。

蘇如意拿起荷包，倒出來數了數，根本沒多少，只有五十多文，但已經是他的全部了。這才後知後覺地反應過來。

他這是……在上交經濟大權？

吃過早飯，蘇如意帶著譚星去了大院兒。

大家看見她，紛紛圍上來。

「如意啊，最近做傘的太多了，鋪子要不了那麼多，說馬上就到冬天了，賣不動，還沒有別的東西能賣？」

昨天晚上，蘇如意就想好了，帶著大家去倉庫。「既然如此，那咱們就做點冬天用得著的玩意兒。」選了些棉布和羊毛，道：「有針線的，把針線拿來。」

婦人們知道又有新的賺錢路子了，紛紛拿起自己的針線湊到她周圍。

蘇如意將自己畫的圖紙鋪開。「這是口罩，這是手套。」

古代沒有口罩，都是用圍巾和紗布捂面，但不夠貼合和保暖。手套倒是有，但戴上後沒辦法做事，很是笨拙。

她先自己動手，邊做邊教。這兩樣東西不難，教的是個創意。

「把布剪成這個形狀，然後兩邊縫上布條，就好了。」古代沒有鬆緊帶，只能用布條，根據自己的臉型繫上就可以。

她先做好一個，幫譚星戴上。「雖然口罩不厚，但是很擋風，並不會冷。再厚，就不好出氣了。」

大家一看，這個又方便、又好看，紛紛動手試做。以她們的女紅，做口罩完全沒問題。

等她們學會後，蘇如意便教起手套來。

手套麻煩些，剪出兩片樣子，還要縫起來。中間留了地方塞羊毛，又不能塞太多，然後再封口。

「手指的布料少了半截呀。」岳瑩好奇道。

蘇如意戴上一只做好的手套。「就是要露出來。瞧瞧，這不就能戴著手套幹活了？」

大家恍然大悟，看向蘇如意的眼神，甚至帶了崇拜。「妳從哪裡學做這些的？鎮上跟縣裡都沒見過有人賣。」

蘇如意笑了笑。「自己瞎琢磨的。」

「太厲害了。不管做多少，這些東西都能賣出去，誰家不需要啊。」

蘇如意讓她們自己多練練，帶著譚星去找村長談抽成的事。

這兩樣肯定沒有傘值錢，最終訂了一套一文錢。

蘇如意並不是衝著錢來的，很痛快地答應了。過兩天，她還有更好的東西呢。

兩人剛從村長的屋裡出來，旁邊帳房的門忽然也打開了，蘇如意不由瞥去，立時一愣。

譚星更是捂住了嘴，驚訝道：「妳、妳……」

楊婉拿手帕遮著臉，連句話也沒說，匆匆出了大院。

蘇如意皺眉。就算感情再不好，也不能動手吧，什麼爛男人啊？

回去的路上，兩人都沒說話。

雖然楊婉看著挺可憐，但譚星可沒打算告訴二哥。那是他們的家事，千萬不要影響了他跟二嫂的感情。

蘇如意也不知該不該說，或是說了有什麼用？譚淵哪能插手人家夫妻的事？

晚上譚淵拉過她的手的時候，蘇如意還是沒忍住，道：「我今天看見楊婉了。」

譚淵挑眉。「妳不至於看見她一個人也吃醋吧？」

蘇如意沒好氣地捶他一下。「她從帳房裡出來，好像被打了。」

譚淵手一頓，然後又揉起她的手。「妳這是來試探我呢？」

「我可沒有。」蘇如意認真道：「不管怎麼樣，周成打人就是不對。楊婉一個弱女子，怪可憐的。」

「那妳希望我怎麼辦？」

蘇如意搖頭。「我不知道。在你們這裡，男人打妻子是不是不犯法？」

「什麼我們這裡？」譚淵擰眉。「但一般來說，官府不會管的。妳別想了，周成要是太過分，楊婉還有娘家和村長在呢，輪不到我們操心。」

蘇如意點點頭，閉眼睡了。

第二天一早，譚淵照例去鍛鍊身體，還沒走到地方呢，遠遠便看見樹旁有人影。樹上掛了條布，那人踩著石頭，把脖子套進去。

「你幹什麼?!」譚淵厲聲道，急切地趕上前。

他隨身帶著匕首，一刀割斷布條。

女子應聲摔倒在地，捂著脖子咳嗽起來。

譚淵低頭死死盯著她，眼前這個滿臉淚痕又帶著青紫的人，不是楊婉是誰？

楊婉哭得肝腸寸斷。「你救我幹什麼？我不想活了！你總是這樣，一次次地對我好，一次次地救我，卻又不要我。」

譚淵已經恢復了冷靜。「既然他這樣對妳，妳為什麼還回去？」

楊婉捂著臉。「你不肯要我，我娘怎麼會讓我與他和離？他早已厭惡我，對我非打即罵，我生不如死。」

「妳告訴村長了嗎？」

「村長訓了他幾句，又有什麼用？他還是我行我素。周成是村長的兒子，村長能對他如何？」她說著，又爬起來。「你不要管我，讓我解脫吧。」

這回，譚淵果真沒管，看著楊婉將割斷的布條繫好，綁在樹上。

「果真活不下去了？」譚淵問道。

楊婉楚楚可憐地看著他。「你說，我還有什麼盼頭？娘家不讓我回去，夫家容不下我，連我愛的人……」

譚淵靠在另一棵樹旁，神色平靜。「昨天，如意說看見妳了。」

楊婉一愣，她也沒想到會那麼巧。但她以為，蘇如意不會告訴譚淵的。

「她說什麼？」楊婉苦笑。「她一定覺得我搶她的夫君，是活該吧？」

「她問我能不能報官？」譚淵直盯著楊婉。「她說周成不是個東西。」

楊婉驀地哭出聲。她恨極那個人了，可她真沒別的路。周成找到她，說以後做對假夫妻，他能幫她挽回譚淵，要她配合，她只能答應。

她忽然抓住譚淵的袖子。「淵哥，我看得出來，她是個溫婉良善的好女人。我願意給你做小，什麼都不要，我去求她容我，行不行？」

譚淵驚疑地看著楊婉，隨即眼裡流露失望，掰開她的手。「要論苦，蘇如意比妳難多了，她卻沒活成這樣。」

他拄枴杖往回走。「若妳還是執意尋死，隨意吧。」如果楊婉真的想死，就不會一大早來他每天練拳的地方了。

楊婉想不到，譚淵真的對她絕情至此，哭得肝腸寸斷。「淵哥，你是不是還在怨我，怨我當初拋開你嫁給周成？你明知道那不是我的意思。」

譚淵十分無奈，他不懂為什麼有些人好像聽不懂話一樣，他分明說得清清楚楚，卻偏要往別處想。楊婉如此，蘇如意也如此。

他不想再沒完沒了了，轉過身。「當初妳要嫁給別人，我沒有留妳；如今蘇如意想離開，我不可能放她走。」這樣說，應該很明白了吧？

楊婉的臉霎時慘白一片，靠著樹幹緩緩滑落在地，她之所以還在掙扎，當眾對他訴情，甚至不惜用苦肉計來配合周成，就是心裡認為譚淵仍對她有情，不會捨得她如此受苦。

譚淵的一句話，徹底將她的心打入深淵，僅剩的一點點籌碼也沒有了。

今天輪到蘇如意做飯，譚淵剛進院子就聽見動靜，直接拐彎進了廚房。
「你回來了？」蘇如意對吃從不敷衍，鍋裡已經蒸好小米糕，這會兒正在拌菜。
譚淵心裡的煩躁，被她的一句話和忙忙碌碌的身影安撫住了。
「嚐嚐鹹淡。」蘇如意挾了根蘿蔔條，遞到他嘴邊。
譚淵張口吃下。「剛好。」
蘇如意彎唇笑了起來。「我還沒放鹽呢，你是說蘿蔔的味道剛好嗎？」
譚淵愣住。
蘇如意樂不可支地放了調料。「你去洗手吧，飯馬上就好了。」
譚淵沒打算對她說楊婉的事，他們本來就毫無相干了，他並未虧欠她。面前的小女人，才是他想一起過日子的人。
吃過飯，一家人各忙各的。譚星和蘇如意在家裡做口罩和手套。
蘇如意穿上鋪棉的薄襖。十月，北方的天氣漸漸變寒，繡了一會兒，手便開始發冷。
「二嫂穿得真好看。」譚星先是誇了句，接著嘆了口氣。
「怎麼，妳也冷？」
「我倒沒什麼，只是想起二哥又要受苦了。」

蘇如意停住針。「為什麼？」

「二哥的腿，天氣好時還好，可一到天陰下雨或是寒冬，就要疼好一陣子。」

「傷口沒長好？」蘇如意蹙起眉。

「當時沒錢看太好的郎中，只是止血上藥，保住性命。養傷的時候，可能是沒照料好，岳叔說是濕氣淤結。」譚星想起二哥受傷消沈的那段時日，現在還是很難受。

蘇如意沒想到譚淵的傷有這麼嚴重的後遺症，她只是痛經便要死要活，那可是生生的斷腿啊，他是怎麼熬過來的？

譚星回屋後，蘇如意打開衣櫃，將譚淵的棉衣翻出來，果然都是正常的衣褲。

這樣的衣服，普通人穿沒什麼，可譚淵左腿膝蓋以下空蕩蕩的，冬天的寒風往裡鑽，吹著他的斷處，能不疼嗎？

她想了想，拿剪刀和針線改了起來。反正外頭還要套長袍，外人也看不出來，自己少受罪才是最重要的。

改了一條褲子後，她滿意地看了看，先收起來。這終究是治標不治本，寒氣入體，若不早醫治，只會越來越嚴重。

前世她媽媽還在的時候，亦深受其苦。當年生她坐月子的時候落下病根，年紀大了，腿甚至疼到影響走路。

還有她自己這身體……記憶中斷斷續續的，好像是原主以前落過水，因此受了寒。村裡的郎中無法調理這種症狀，等有機會去縣裡找好些的郎中問問。

她發現，又多了一個必須賺錢的目標。

蘇如意只有捉嚴婆時去過縣裡，根本沒去過別的地方，有什麼想法也難以行動。每到賣貨的日子，好像都是譚淵跟著去鎮上，周成則去縣裡。

晚上休息前，蘇如意斟酌著開口。「你什麼時候會再去縣裡？」

「有事？」

蘇如意想好了理由。「有些想曉雲她們了。我們從小一起長大，我能不能去見見她？」

好巧不巧，明天譚淵要去縣裡辦事，只是……

他老神在在地問：「有什麼好處？」

蘇如意詫異。「啊？」

「難道讓我陪妳白跑一趟？縣裡可比鎮上還遠。」

蘇如意本來想著，他要麼答應，要麼不答應，孰料還有這麼一齣，撇撇嘴。「去個縣裡還要好處？小器。」

譚淵絲毫不臉紅。「我這個人向來是不吃虧的，妳現在知道也不晚。」

蘇如意坐起身。「那你說吧，想要什麼好處？」

譚淵將枴杖靠在床邊，掀開被子躺下。「要不，親一口？」

蘇如意萬萬沒想到他會將這種話說出口，油燈映照下，臉頰發紅。「你這無賴！」

譚淵絲毫不生氣。「怎麼無賴了？這是閨房之趣。」

越說越離譜，蘇如意氣呼呼的。「你這叫趁人之危，我不答應。」

譚淵用被子蒙住頭。「行，那就睡吧。」

「哎？」蘇如意扯扯被子，水靈靈的眼睛看著他。「就不能換一個？」

「換一個？」譚淵拍了拍床鋪。「最近天冷，缺個暖床的，妳要不要委屈一下？」

蘇如意明白了，反正這人就是想方設法地占她便宜呢。「憑什麼？我自己也冷，我比你還怕冷！」

譚淵非常痛快道：「那我幫妳暖也行。」

還沒等蘇如意說話，他一把拉下她，掀開被子，就將她裹了進來。

蘇如意驚呼一聲，小手推著他的胸膛，氣道：「譚淵！」

「不但明天帶妳去，以後每個月都可以陪妳去。」譚淵道，雙臂摟緊她。

蘇如意一愣，若她在縣裡找到賺錢的門路，肯定需要經常往返，這個誘惑……有點大。

趁她猶豫的時候，譚淵再次誘惑她。「每個月兩次。」

蘇如意沒骨氣地妥協了，但還是警告他。「你說了，什麼都不做。」

「絕對不做。」譚淵大手扣著她的後頸，將她的頭靠在他胸膛上，感受著她嬌嬌軟軟的身體，知足地喟嘆一聲。「睡吧。」

現在早晚已經變涼，譚淵的懷裡確實暖和許多，蘇如意動了動，尋了個舒服的位置，臉兀自紅了一會兒，就睡著了。

譚淵心裡暗爽，隨即發覺他好像給自己找了罪受。美人在懷，卻什麼都不能做。

第二天，蘇如意破天荒地醒得比譚淵早。

譚淵一隻手摟著她的背、一隻胳膊被她枕著，兩人的動作十分親密。她還抱著他精瘦的腰，右腿壓在他的腿上。

她想起來，卻驚動了譚淵。

譚淵抽出手臂，迷糊道：「再睡一會兒。」

這下，蘇如意整個人半趴在他身上，墨髮散在他的胸膛上，姿勢要多曖昧就多曖昧。

她惱道：「起來了，今天還要去縣裡呢。」

譚淵還有些睏，但腦子已經清醒，低頭親親懷裡小女人的髮頂。「折磨人的小東西。」

蘇如意以為他在說去縣裡的事，撐著他的胸膛起身。「你都答應了，不會不認帳吧？」

譚淵怎麼會不認帳，為了以後的幸福也不能不認。雖然是折磨了點，但軟玉在懷，怎麼也比孤枕冷清的好。

他揉了揉眉心。「幫我找套厚些的衣服，吃過早飯就去。」

蘇如意穿好衣裳，打開櫃子猶豫了下，將昨天幫他改的那條褲子拿出來，放在床上。

「我去燒水。」

譚淵又瞇了一會兒，這才慢條斯理地起來穿衣服。剛將摺好的褲子抖開，便發現了有些不一樣。

他拿起來仔細一看，發現左腿短了一截，而且褲腳收了口。看針腳，應該是蘇如意縫的，她的針法與別人不同，打結的方式也不一樣。

譚淵猜到，肯定是譚星說了他腿疼的事，但能想出這種法子，也是蘇如意真的上了心。

他用手指撫過細密的針腳。這樣的寶貝，他是撿了大便宜，怎麼可能給她走的機會？

左腿不需要穿鞋，褲腳收口也無妨。穿上後，涼風便不會冷颼颼地往裡面鑽了。

蘇如意端了溫水進來。「今天的風有點大，要不改天再去？」

「不用。」譚淵忽然想起，上次做衣裳時忘了幫蘇如意做斗篷，打開櫃子將自己唯一的一件拿出來。「走的時候圍上。」

「你呢？」蘇如意試了一下，有些大，能把她裹得嚴嚴實實。

譚淵捲起被子。「妳不是幫我縫好了？」

蘇如意沒直接說縫褲腳的事，就是怕他多想，聞言才過來問：「合不合適？有沒有哪裡要改的？」

「沒有，很服貼。」譚淵看著她的眼神，帶了絲他都未察覺的柔情。

第十八章

吃過早飯，譚淵帶蘇如意出了門。

青灰色的斗篷有些長，帽子也大，套在腦袋上，幾乎遮住了蘇如意的大半張臉。加上她戴了口罩，整個人只露出兩隻如水葡萄般的眼睛來。

上了驢車後，風更涼了，蘇如意看譚淵只穿了棉衣加一件袍子，都替他覺得冷。「要不，你把口罩和手套戴上？」

譚淵搖了搖頭。「沒那麼矯情。」

蘇如意瞪他。「你是說我矯情？」

譚淵無言了，幫她繫緊斗篷。「女人嬌氣些沒什麼，大男人捂住臉像話嗎？」

蘇如意不懂這莫名其妙的自尊心是什麼，還不一樣都是人生肉長的？便不再管譚淵了，好奇地打量起一路的景色。

驢車晃晃悠悠，足足走了一個時辰才到縣裡。蘇如意顛得整張臉都白了，下車時差點腿軟摔倒。

譚淵急得丟開枴杖攬住她，皺眉道：「不要每天在家坐著了，多走走，練練身體。」

蘇如意點了點頭，也知道這具身體缺乏鍛鍊。以前在嚴婆那裡，就不讓她們四處走動。她仰起臉，瞧見一家繡樓。「她們都在這裡？」

「嗯，雖說大人免了她們的罪，但也怕有人心思不純再犯，所以並未恢復良籍。以後出嫁，才會歸還賣身契。」

蘇如意聽了，看譚淵一眼。他不在的時候，她也翻過屋裡，就是不知他把她的賣身契藏在哪兒了。

兩人跟櫃上說了一聲，去廂房等著。沒一會兒，三、四個年紀差不多的女子走進來，唯有鄭曉雲一臉驚喜地撲向她。

「如意，我想死妳了！」

蘇如意抱抱她，與大家一起坐下。她對她們無甚感情，來見她們本來就是個幌子，隨意問候幾句，就聽她們說了。

坐了半晌，不只是鄭曉雲，其他人也察覺出了不對勁。

其中一個姑娘叫玉秀，時不時打量著一旁默不作聲的譚淵。上回被抓的時候見了一回，但那次天色已晚，心裡又慌亂，並沒仔細看。

這麼一瞧，蘇如意的夫君腿腳不好，卻生得格外好看。

她忽然開了口。「才一個月不見，如意像變了性子一般，難道也做起了賢妻良母？」

這是譚淵第二回聽見有人說蘇如意性子大變了，便扭頭瞧過來。

這下，玉秀越發篤定，是蘇如意在男人面前裝乖討好。難怪這男人明知她跟嚴婆串通，還帶她回家。

鄭曉雲沒心沒肺道：「對吧？我也說呢，要不是同一張臉，我都不敢認了。以前如意就算被打，也不會這麼溫順的。」

譚淵的眉頭擰了起來。

玉秀笑笑。「以前大家都想著什麼人敢娶我們刁蠻的如意呢，現在瞧著，她倒是我們裡頭最幸福的一個。」

鄭曉雲覺得這話好像有點不對勁，但沒多想，蘇如意卻朝玉秀看了一眼。

她記得玉秀。以前一群人裡，她最能討嚴婆歡心，因為嘴甜會說話。不像她們，要麼討厭嚴婆，要麼害怕。

玉秀非要當著譚淵的面揭她的短是做什麼？雖然蘇如意並不認為原主那樣不好，但在男人們眼中，應當都喜歡溫柔恭順的女子吧？

她又轉頭去看譚淵，發現他看她的眼神有些複雜，心情立時不好了。

「妳們都很忙吧？我不多留了，下回有工夫再來。」

鄭曉雲有些不捨，但確實不能耽擱太久。「我送送妳。」

三人從繡樓出來，六子笑著迎上前。「二哥，嫂子，那邊有戲班子唱戲呢。」

他走近了才瞧見蘇如意身旁嬌小可愛的鄭曉雲，頓住腳，沒心眼地直直盯著人家看。

鄭曉雲卻是個毫不怕生的，接了話。「聽說是附近開了家玉器店，三層樓呢，可財大氣粗了，還特意請了戲班子，可惜掌櫃不讓我們出來看。」

譚淵瞧了六子一眼，轉頭問蘇如意。「想不想去看看？」

蘇如意點頭。她不會唱戲，但前世做過戲服，挺喜歡的。

「曉雲，妳回去忙吧，不用送了。」

鄭曉雲依依不捨。「以後妳來了縣裡，一定要來看我啊。」

蘇如意從車上拿出一個小包裹，塞給她。「拿著。」

雖然跟鄭曉雲有深厚感情的是原主，但鄭曉雲是真心對她好的。她穿來這裡，除了譚星，也沒個朋友，還是想繼續跟鄭曉雲來往。

鄭曉雲看著他們的車走遠，才打開包裹，裡頭是一支漂亮的絹花簪子，還有一雙手套。

她戴上手套，發現是露指的，冬天戴上做針線剛好，喜孜孜地笑。

以前在嚴婆手下，凶悍可以保護自己。現在大家都解脫了，柔和細心是另一種關切，她才不在乎蘇如意的性子變不變。

而且，蘇如意只給了她禮物呢。

連繡樓這邊都能隱約聽到唱戲聲，三人拐了個彎，果然就瞧見熙熙攘攘的人群圍在玉器店前。

六子需要看車，將驢車拴到一邊，站在車上也能看見。蘇如意跟譚淵往前走了走，但他腿腳不方便，便沒往裡面擠。

蘇如意聽不出古代與現代的唱腔有什麼不同，但聲音悠揚婉轉，也算好聽。

可是，她來縣裡是有目的的，現在譚淵寸步不離，她什麼都幹不了。聽了一會兒，心思就不在戲上了。

譚淵的心思也不在這裡。他想去一趟玉關樓，問問齊勇的事怎麼樣了，但又不能帶蘇如意去。

兩人各懷心思，所以在蘇如意說想去逛逛胭脂鋪子的時候，譚淵便順著說，有些走不動了，在車上歇歇，讓六子陪她去。

等他們上了街，譚淵便趕著車去新街胡同了。

蘇如意神色輕鬆地帶著六子逛了幾間鋪子。六子可比譚淵好糊弄多了，讓他在外頭等著，他就等著。

縣裡果然比鎮裡繁華多了，蘇如意興致極高地逛了一會兒，買了三盒面脂。

已經快入冬了，天氣乾燥，寒風凜冽，原主這天生的好底子也得保養著才行。她自己買了，自然不能缺了譚星的。才十幾歲的小姑娘，皮膚卻不怎麼好，看著比她還需要。

拿了兩盒後，她想起周氏。兒媳婦送了小姑子東西，卻沒送婆婆，好像說不過去。上回譚星也說了，周氏說會與她好好相處，那蘇如意也不介意示個好，好讓她在譚家的日子能自在些。

至於齊芳，蘇如意連表面功夫都不想做，反正大家都知道她們關係不好。

見蘇如意買了東西還繼續逛，六子問：「嫂子還要買什麼？」

蘇如意一邊看、一邊道：「快過年了，看看有沒有適合家裡的擺件。」

六子往前一指。「那裡還有一家鋪子。」

蘇如意瞧見萬寶肆的牌匾，這間鋪子有兩層，地方夠大，蘇如意讓六子也進來了。萬寶肆有點像百貨商店，還真有點萬寶的意思，用的、看的、裝飾的都有，但一樓都是些平常玩意兒。

蘇如意跟六子說：「你看看有沒有什麼想買的，我去二樓轉轉。」

六子笑著應了。

二樓客人不多，但東西擺得更整齊，也高級了一點。

夥計見蘇如意一直看木雕架子，上來詢問。「姑娘想買什麼樣的？」

蘇如意先是仔細查看這些東西的做工，有細緻一點的，也有糙些的，但她有自信可以做得更好，不但因為手藝，也因為工具箱裡那套更先進、精細的工具。

「掌櫃在嗎？」蘇如意問。

夥計客氣道：「孫掌櫃在耳房算帳。姑娘有事？」

蘇如意點頭。「談生意。」

夥計見她容貌豔麗，氣質不俗，像是位千金小姐，不敢耽擱，進去請掌櫃。

掌櫃孫振正在向老闆報月帳，聽見夥計叫他，道：「我先去看看。」

蘇如意在耳房外等著，心想掌櫃應該會請她去裡面談。

孰料孫振並沒有那個意思，直接問道：「姑娘有什麼生意要同本店合作？」

蘇如意柔聲道：「不知孫掌櫃這裡收不收木雕？」

耳房內，正在翻帳本的男子猛的一頓，起身貼在門邊，又聽了幾句，清楚地聽見蘇如意自報家門。

「我姓蘇，蘇如意。」

周成長長呼出一口氣，片刻後，扯唇笑了。

蘇如意還在跟孫振談。「我會出錢買材料，若做出來的不比店中差，孫掌櫃可收？」

這東西跟絹花不一樣，好些的木料不便宜，人家跟她素不相識，更無信任可言，怎麼可能白白拿給她？

孫振沒做過這種生意，覺得蘇如意在與他說笑，也不信面前這個嬌柔的小姑娘能做出比店裡還好的東西。

他剛想拒絕，耳房的門忽然從裡面敲了幾下。

他神色一肅。「姑娘請稍等，我與家裡人商議一番。」

蘇如意點點頭，邊看東西邊等著。

孫振進來，就見老闆笑咪咪的。「孫叔，你看如何？」

老闆正是周志坤的兒子周成。

「我們又不缺貨源，沒那個必要。」

周成卻搖了搖頭。「我們不但要跟她合作，還要供應她所需。」

孫振詫異地看向周成，他的老闆少年老成，做生意從不肯吃虧，怎會如此行事？

「我們並不知道她的底細，更不知她的手藝。萬一浪費材料，豈不虧大了？」

「她需要用什麼，你給就是了，只要讓她寫下書契，按了手印就好。」周成喝了口茶。

「其他的不用多問。」

孫振只能應下，又出去詳談。

周成心不在焉地撥著算盤珠子，他爹果然猜得沒錯，蘇如意不想再去村裡做工，是有了私活。

真是無巧不成書，她居然找到他的店裡來。不管她怎麼做，這件事對他都有利無弊。既然她用真名真姓，肯定不會昧了東西不回來，她的書契就是背叛村子的證據。到時候，還不好拿捏她嗎？

之前楊婉那個沒用的女人沒成事，他還在頭疼呢，這難道不是天意向著他？

蘇如意看出孫掌櫃不願意跟她做買賣，孰料一出來就改了口風。

「不知姑娘需要什麼材料？又要多久才能出成品？」

蘇如意一喜，忙道：「我買不起太好的木料，不知孫掌櫃有什麼需要做的東西？」

孫振將她帶到一口箱子前，讓夥計開箱。「這裡面的木料，蘇姑娘可以隨便挑。」

蘇如意意外。「孫掌櫃的意思是？」

「我可以提供木料，只要姑娘寫書契為證就可以。」

蘇如意心頭冒出一絲怪異的感覺，剛才孫掌櫃分明不怎麼把她放在眼裡，怎麼跟老闆商量過後就一改口風，還免費提供材料？

就算是鎮上林掌櫃那裡敲門磚用的絹花，還是她掏腰包買布料做的，他看了東西才肯合作，何況是價錢並不便宜的木料。

於是，她毫不避諱地問出自己的疑惑。「我與孫掌櫃素不相識，難道您不怕我捲走東西跑了？」

孫振笑了笑。「老夫覺得，姑娘能如此自信地自薦，想必是真有幾分本事。騙子也不會用如此難以讓人相信的騙局不是？」

蘇如意無言，這算什麼？逆向推理？因為太離譜，所以顯得可信？

「姑娘放心，這些木料值不了多少銀子，我們萬寶肆還賠得起。當然了，妳如果真的能雕好，那價錢就不一樣了，到時老夫也放心把更好的材料交給姑娘。」

蘇如意點點頭，開始挑起來，最終選了一塊黃褐色的柏木，枕頭大小，成色好看，也適合雕刻。

見她只選了一塊，而且也不是太名貴的木料，孫振相信她不是騙子了。這塊柏木才值幾兩銀子，即便沒了，也賠得起。

兩方簽了書契，一人拿一份，蘇如意不再逗留，喊上六子離開。

周成站在二樓窗前，將窗戶打開一條縫，看六子抱著木頭跟在蘇如意身後，默默一笑。

有如此把柄握在手裡，他覺得自己的心願用不了多久就能達成了。

六子和蘇如意回到戲臺附近時，譚淵還在車上等著。「怎麼這麼慢？」

蘇如意上了車，將木頭抱在懷裡。「好不容易來一次，當然要多轉轉。」

譚淵打量她懷中的木頭。「這是做什麼的？」

蘇如意編了個理由。「剛才去鋪子買了把梳子，見人家要扔，我就要來了，覺得挺順眼的，說不定能刻個東西玩。」

外行人很難看出這些東西的價值，沒雕刻前，就是覺得是塊其貌不揚的木頭而已。

知道蘇如意就喜歡搗鼓這些，譚淵也沒多問。

來的時候花了一個時辰，又在縣裡耽擱這麼久，已經是中午了。驢車駛過街道時，好幾家飯館飄來飯香。

今天走了這麼多路，早飯早就消化完，蘇如意的肚子叫了起來。

她臉一紅，譚淵和六子都忍不住笑了。「餓了?吃完飯再回去。」

「可以嗎？」蘇如意還沒在這裡下過館子呢。

「可以是可以，不過錢都在妳那裡。」譚淵拍了拍六子的肩，讓他停車。

蘇如意把自己和譚淵的錢都帶來了，本來打算用來買材料的，不過沒用上。買面脂只花了四十五文，吃頓飯是沒問題的。

當然，她也不敢吃太貴的，以免譚淵看出不對勁。

三人進了一家小飯館，小二熱情地過來招呼，三人點了八個肉包子、一碟小菜，花了二十一文。

蘇如意吃了兩個，譚淵和六子各吃了三個，吃飽喝足才趕車回家。

第十九章

這回去縣裡沒帶譚星，小丫頭有點不高興。蘇如意先把木頭放好，這才拿著面脂去了她房裡。

譚星嘟著嘴，肯定不能對蘇如意發脾氣，可她一個月去不了一次，也想跟著去玩的。

蘇如意笑著捏了捏她的臉頰。「看，這是什麼？」

譚星好奇地打開，一股淡淡的香味直撲而來，驚喜地看向蘇如意。「這是面脂？」她沒有用過，但見過別人用。

「嗯。」蘇如意笑道：「冬天風大，妳這臉蛋該好好保養了。」

譚星撲進蘇如意懷裡。「二嫂真好，連娘都捨不得買給我，還說她從來不擦面脂，也沒什麼關係。」

蘇如意摸了摸她的頭頂。「那讓娘也用用。她知道好，以後就讓妳用了。」

「啊？」譚星抬頭。「把這個送給娘嗎？」

「當然不是。」蘇如意伸出手。「還有一盒呢。走吧。」

周氏剛睡醒，見兩人一起來，梳著頭問：「怎麼了？」

蘇如意將面脂放在她面前。「今天去縣裡買的，想著冬日乾燥，您可以擦臉。」

周氏挽好頭髮，詫異地問蘇如意。「買面脂給我做什麼，這不是浪費錢嗎？」

譚星癟嘴看蘇如意，她就知道會這樣。

蘇如意的聲音還是柔柔的。「這是我跟譚淵孝敬娘的。您為了這幾個兒女操勞一輩子，現在他們長大，能賺錢了，不就應該孝敬您嗎？雖說您管著錢，可這些日子我也沒看見您給自己添置過什麼東西，您就收下吧。」

這話說得又軟、又讓人舒服，周氏的臉色柔和了幾分，但依然不答應。

「我都一大把年紀了，用不著，還不如買頓肉吃呢。再說，你們手裡也沒多少錢。」

蘇如意笑道：「買了肉，一頓就吃完了，每個人吃不了幾口，這面脂卻夠您用兩個月。我和星星也買了，您要是不用，那我們當小輩的可不敢用了。」

周氏還想再說什麼，蘇如意輕推譚星一下。「妳去擰條熱巾子，讓娘擦擦臉。」

譚星會意，機靈地幫周氏擦臉。蘇如意用手蘸了面脂，輕輕抹在周氏的臉上。

周氏聞到淡淡的香味，又伸手去摸，發覺粗糙的臉好像嫩了些，怪不得人們都愛用呢。

蘇如意道：「我嫁了人，用不用都成，可娘經常上山，非常需要。更別說星星了，再兩年便該訂親，若是養得白白嫩嫩，也招人喜歡不是？」

周氏聽了，扭頭去看她們。這麼一比，差得確實有點多。

蘇如意明明比譚星大上四、五歲，但蘇如意的臉跟剝了殼的雞蛋似的，又水嫩嫩的，一掐似乎就能掐出水來。

再看自家閨女，從小上山下地，什麼活兒都沒少幹，風吹日曬，有時候臉還脫皮。雖說很多村裡的女人們都這樣，但有了蘇如意這麼個美人胚子比較，她當然也想讓女兒水靈靈的，找夫家也好找。

她將面脂蓋上，收了起來。「以後星星要買，就跟娘拿錢。」

譚星喜不自勝。「謝謝娘。」

周氏又看向笑吟吟的蘇如意。「妳也用吧，這張臉蛋要是養糙了，怪可惜的，老二肯定會埋怨我。」

蘇如意笑著應了。周氏雖然小器了點，卻是拮據的生活所造就，還是能說得通，對幾個孩子也是真心好的。

一出去，譚星就抱著蘇如意的手臂，毫不掩飾自己的崇拜。

「二嫂好聰明，太厲害了。」她都哄不住她娘。

之前蘇如意也沒試著去和周氏相處，只覺得相安無事就好。但她答應了譚淵，考慮和他過日子，那就不只要喜歡他，也要讓自己融入這個家。

從周氏那裡出來，蘇如意睡午覺去了。一上午的奔波，讓她累壞了。

可這一覺還沒睡醒呢，院子裡忽然傳來吵嚷聲。

她揉著眼睛下床，推開門，就見李氏拉著齊芳放聲大哭。

「妳快想辦法救救妳弟弟吧，他被抓到官府去了。」

齊芳驚慌道：「怎麼回事？」

李氏也是一知半解，只哭著說：「村長叫人來找我，說他在鎮上犯事被抓了。家裡連個男人都沒有，讓小石頭他爹跟我去一趟。」

齊家就這麼一個男丁，齊芳把小石頭託付給周氏，也要跟著一起去，讓譚星趕緊去找譚威回來。

沒一會兒，譚威和譚淵回來了，還向村裡借了驢車。譚淵道：「我當過捕快，懂些規矩，一起去吧。」

李氏求之不得，連忙應了。

出發之前，譚淵隱晦地對蘇如意使了個眼色。

蘇如意猜想，這件事是譚淵的手筆，只是沒想到會鬧到官府去，心裡好奇得像貓撓一樣，也出了聲。

「這個時辰出門，晚上怕是趕不回來了。我跟著去吧，好照料他。」

譚淵腿腳不方便，周氏點了點頭。「去吧。」

蘇如意拿了斗篷，一起上車。

車上的氣氛安靜又壓抑，譚淵將蘇如意的手拉過來，握在手裡，讓蘇如意莫名心安。

到了縣裡，天色都擦黑了。

驢車駛到官府，官府只剩了輪值的人。譚威和李氏跟他們說了半天，也不放行，只好灰溜溜地折返回來。

「捕快說，明天升堂判案。」

譚淵道：「先就近找家客棧住下，等會兒我來問問。」

現在除了譚淵，指望不上別人。想送禮也沒那個錢，大家只能先聽他的。

他們訂了三間最便宜的房，花了六十文。這筆錢，當然不用譚淵兩口子出。

未免隔牆有耳，進了房間，蘇如意才小聲地問：「怎麼回事啊？」

還沒等譚淵說呢，譚威就在外頭敲門。「二弟，時辰晚了，咱倆先過去一趟。」

譚淵拍拍她的腦袋。「等我回來。」

兄弟倆去了官府，譚淵獨自上前見了值夜的捕快。

捕快聽說今天抓來的人是譚淵的親戚，立刻帶他進去。不是要犯，有關係便能見到。

因為只讓譚淵一個人進去，譚威焦急地在外面等著。

譚淵進入久違的大牢，臉上並沒有任何表情。剛走到牢房前，便聽見齊勇的嘶喊。

「我冤枉啊！是她勾引我的，請大人明察！」

「別喊了！」捕快喝了一聲。「你們聊，不要太久。」

譚淵拍了拍捕快的肩，走到牢門口，對齊勇說：「是我。」

齊勇扒在門邊，藉著月光才看清來人。「二哥？」他渴望見到親人，卻絕不是譚淵，不敢喊了，小心地打量譚淵的臉色。

譚淵還是往常的表情，甚至還表現出一絲關切。「到底怎麼回事？大嫂他們急壞了。你先告訴我，讓我們心裡有個底。」

齊勇悄悄鬆了口氣。以譚淵的脾氣，要是知道他對蘇如意下藥的事，恐怕當場就能對他揮拳。

他扒著門，一臉狼狽地說：「前幾日，我認識一名青樓女子，她邀我去她家。我一時鬼迷心竅，她也沒抗拒，結果剛脫了衣裳，她忽然喊起來，好幾個人衝進門，說我欺辱她。」

計謀非常簡單，不需要費任何腦筋和周密佈置，但想套這種衝動的好色之徒，絕對是一套一個準。

「青樓女子？」譚淵皺眉。「難道是你沒給銀子？」

「她說自己已經贖了身，我怎麼可能給銀子？但我真沒強迫她，是她點頭願意的。」

譚淵沈默不語，齊勇急道：「譚二哥，怎麼辦呀？她半路反悔就算了，現在還說是我強迫她，我真是跳進黃河也洗不清。」

譚淵無奈地搖搖頭。「不管如何，你都是被當場抓住，若沒人能證明她說過自己願意的話，誰會相信你是清白的？」

齊勇氣急。「就我們兩人待在屋子裡，怎麼可能有人聽見？她一個青樓女子，居然告人強姦，豈不是誣衊訛人嗎？」

「只要她贖了身，便是良籍，當然可以告。」譚淵靠在門邊。「我有個主意，聽不聽就看你了。」

齊勇如抓住救命稻草般，忙懇求道：「我就知道譚二哥不是一般人。你說吧，我信。」

「如你所言，她最大的破綻就是她的身分。你一口咬定她逼你娶她不成，才陷害你。」

齊勇猶豫了下，雖然不知道行不行，可眼下也沒別的辦法。殷七娘是從青樓出來的，長得再美也不好嫁，是事實。

「我知道了，明天上堂我就這麼說。」

譚淵深深看他一眼，轉身走了。

回了客棧，眾人圍上來追問，譚淵將事情大概說了一遍。

「人家當場抓人，他的供詞卻無法證明清白，恐怕情況不妙。」

李氏哭著跌坐在椅子上。「這個混帳，怎麼就沒一點出息。這下可怎麼辦？」

齊芳忙問道：「二弟，你在縣衙當過值，若大人判了那女子贏，我弟弟會怎麼樣？」

「兩人並未成事，想來也就關個一、兩年。」譚淵覺得還是便宜了齊勇，但也不能為了他，真讓殷七娘被糟蹋。

「二弟，你能不能幫忙求求情？反正也沒真欺負她不是？」

譚淵面無表情地回答。「我非但不能求情，明日升堂也不能去。」

齊芳一驚。「啊？這是為何？」

「我與捕快們還有幾分交情，卻與縣令大人不睦，否則當年也不會離開了。大人若知道我跟齊勇是親戚，怕會多判幾年。」至於當年譚淵到底為什麼離開縣衙，誰都不知道。

齊芳聽了，只能安慰李氏。「娘，沒丟了性命就行。一、兩年後出來，他還年輕呢。」

譚威一向不怎麼喜歡齊勇這個小舅子。「就算人家真的誣衊他，要不是他忍不住，也不會被捉住。」

幾人說著，都沒心情吃飯，回房去了。

譚淵買了幾個包子，帶回房間。
蘇如意沒多說什麼，吃完讓夥計打了盆熱水，漱洗後躺下，才跟譚淵說起悄悄話。
「那個青樓女子，就是你說的朋友？」
譚淵摸著她的頭髮。「當初我為她平過冤。這件事，除了她，沒有更合適的人選了。」
蘇如意對這樁舊案很感興趣。「什麼冤？你講給我聽。」
譚淵沒對家裡人提過，他們定會說他糊塗，為了個不相干的人，丟了大好的差事。但他相信，蘇如意不是這樣的人。
兩年前，有個巡察使來青陽縣視察，期間跑去青樓找樂子，看上了殷七娘。巡察使的官職比縣令大一些，但他已經四十多歲，還有妻有子，殷七娘並不想給他當小妾，只想攢錢贖回自由身，便拒絕了。
官員不肯放手，又惱羞成怒，與當時的老鴇串通，陷害殷七娘謀害官員，這可是殺頭的大罪。
當時的縣令也覺得此事蹊蹺，派譚淵去查。譚淵循著蛛絲馬跡查到老鴇身上，但她收了官員的好處，咬定是自己所為。
殷七娘無罪釋放，但他也因此得罪了那位官員，明面上官員不能把他怎麼樣，只能暗暗為難縣令。

譚淵不想讓縣令難做人，便請辭回家。

蘇如意聽得義憤填膺。「這是什麼狗官？陷害良民還欺壓下屬，怎麼不叫雷劈死？」

譚淵失笑，將她摟進懷裡。「都過去了。要不是丟了那差事，我也娶不到妳。」

蘇如意心尖一顫，忙轉移話題。「那你明天為什麼不去？聽你的意思，縣令大人也沒怪罪你啊。」

譚淵將他替齊勇出的招告訴她。「他一旦咬定這個說詞，就等於坐實了自己的罪名，官衙內都知道殷七娘當年那件案子，殷七娘連進官家都不願，怎麼可能選一個無錢無貌的窮酸男人？但殷七娘的案子是我查的，若我去了，這位大人提起我，豈不是讓齊勇知道，我是故意的？」

蘇如意感嘆他想得周到。「他是活該，就是大娘哭得有點可憐。」

譚淵可不這麼想。「坐一、兩年牢，已經是便宜他了，也算是對他的教訓。若他出來能痛改前非，她還該謝謝我們幫她教好兒子；若他依然心術不正，我們不管也早晚有人收拾他。到時候，可沒人念什麼親戚之情了。」

月色下，蘇如意的眼睛亮晶晶地瞧著他，譚淵被她看得心癢。「怎麼了？」

「我越看你越像狐狸。」蘇如意低聲笑。「老謀深算的老狐狸。」

譚淵眸子一瞇，一把掐著她的腰，壓向他。「狐狸便狐狸吧。但我老？」

蘇如意瞪大眼睛，確實不老，還精神勃勃，推了幾下推不開，氣得一口咬上他的肩膀。

譚淵吸了口氣。「還說我是狗？」

蘇如意笑起來。「我睡了，明天還要去看熱鬧呢。」

「我都不去，妳去幹什麼？」

蘇如意道：「我想見見那位姑娘。人家是為了我，才去接近噁心的齊勇，總得道謝。」

「在大堂上也不方便，而且剛審完案子，讓有心之人看見，豈不敗露行跡？等下次來的時候，我安排吧。」

蘇如意點頭。算一算，她今天居然跑了縣裡好幾趟，真的累了，眼皮越來越重。

迷糊中，好像有輕飄飄、軟綿綿的東西落在她的唇上。

她不耐地往譚淵懷裡一鑽，睡熟了。

第二十章

一大早，譚威等人趕去官府，譚淵和蘇如意不緊不慢吃了早飯。昨天來的時候，兩人各懷心事，今天倒有心情逛逛了。

「聽說你之前想在這裡買房子？」比起封閉的山村，縣裡當然更舒適，也更方便。

譚淵嗯了聲。「不過在縣衙攢的銀子，除了治腿，都用來娶妳了。」

蘇如意抿唇，突然道：「其實，當時你應該把銀子要出來的。」

譚淵駐足轉身，眼神不善。「又開始氣我？妳的意思是，我不應該留下妳？」

「不是。」蘇如意擺手。「你想啊，你把我送到官府，嚴婆就是騙了你的錢，官府會把十兩銀子退給你，我也不用坐牢。之後你再娶我，官府還會歸還賣身契。你看，是不是兩全其美？」

譚淵心裡一動。「妳是說，就算賣身契沒在我手裡，妳也願意嫁給我？」

蘇如意愣了，這些話的前提是，她本來就已經嫁給他了。從結果來看，當初要回銀子是好事。

但若一開始她就沒有留在譚家呢……她很清楚，自己肯定不會回去的。

譚淵哪還用問，瞧她什麼都寫在臉上的樣子就明白了，黑著臉冷哼一聲。「妳作夢！」

蘇如意看他氣呼呼地走在前面，覺得有點好笑，這老狐狸原來還有這麼孩子氣的時候。

她快步追上去，拽了拽他的袖子。「別生氣，說著玩的。」

譚淵橫她一眼。「說著玩？要是我現在給妳賣身契，說不定一溜煙就沒了影兒。」

「不會不會。」蘇如意才不會那麼傻，用不可能發生的事跟他鬧得不愉快。「我就是打個比方，凡事又沒有如果，咱倆現在不還是一家子嗎？」

「萬一有呢？」譚淵非要聽她說出願意不可。

「好，那咱們就說說這個如果。」蘇如意沈思片刻。「如果楊婉嫁給了你，不就沒我什麼事嗎？說不定你倆現在連孩子都有了。」想想那種情況，居然有點生氣。

譚淵驚愕地看著蘇如意，他還等著她哄呢，結果她生氣了。

他大手一揮。「好了好了。妳說得對，沒有如果。」

兩人沒在外面多逗留，怕譚威他們突然回來。果然，才回客棧兩刻鐘，人就回來了。

案子簡單，判得也快。看他們的臉色，譚淵就猜到結果，不過還是出聲問了。

「怎麼樣？」

李氏早就哭過了，一天一夜沒怎麼睡好，累得不想說話。

譚威倒了茶，先灌下一杯才道：「齊勇說是殷七娘逼他娶她，堂上根本沒人信。人家雖然從青樓出來，卻長得好，又有錢，怎麼也不像會看上他的。何況齊勇沒有證據，卻有好幾個人替殷七娘作證。幸好沒成事，縣令判他坐牢一年。」

齊芳推他一下。「那女人害我弟弟入獄，你怎麼話裡話外還向著她呢？一看就是狐媚子，阿勇能不著她的道嗎？」

她說完，不動聲色地瞥蘇如意一眼，越發看不慣這些好看的女人了，都是禍害。

齊勇的事塵埃落定，他們沒繼續留在縣裡，上車離開。齊芳不放心李氏，要陪她住段時日，大家便先繞了路把李氏和齊芳送回去，然後才回家。

畢竟是齊家的事，周氏聽完，唏噓幾句，便沒多問了。

譚淵回來後又出門了。再過些時候，地都挖不動了，要趕快把陷阱佈置好。

蘇如意也很忙，本來就有腰帶和絹花的活計，現在又多了木雕，真是一刻不得閒。

不過，齊勇蹦躂不了了，這段日子齊芳也不在家，她過得還算舒心。

轉眼半個月過去，林掌櫃那裡的活計先忙完，她便打算去鎮上。

這回譚淵也陪她一起來了，幸虧蘇如意早跟林掌櫃談妥，結帳時如果有別人在場，報價就說原本價錢的一半。剩下的一半，他再找機會單獨給她。

林掌櫃愛不釋手地打量著繡好的三條腰帶。都是女式，一條楓葉繡花、一條暗紅祥雲，還有一條淺黃色的繡仙鶴。

因為布料好，蘇如意的絲線也好，再加上活靈活現的繡工，簡直美得讓人移不開眼。

「小娘子這手藝真是巧奪天工！老朽賣了半輩子飾品，也沒見過比妳做的更精緻的。」

一旁的譚淵聽得皺眉，雖說蘇如意確實未與他圓房，但已經是婦人身分，怎麼還有人喊她小娘子？

但林掌櫃正與蘇如意說話，他不好打斷，便瞧起店裡的東西。

蘇如意笑了笑。「就是太費工夫。這十幾朵絹花也做好了，還剩些布，我慢慢做吧。」

在林掌櫃看來，她已經夠快了，忙道：「不急，也要多休息。」

蘇如意問：「您看，這腰帶怎麼訂價？」

林掌櫃想了想，道：「一條二百文如何？」

不僅譚淵驚訝地看過來，連蘇如意也有些意外。她本以為最多賺個二、三百文，但林掌櫃說的是一半價錢，也就是說，做一條便能賺四百文。

林掌櫃心想，他們哪懂這行情，就蘇如意這個繡工，東西最少能賣出一兩銀子。多給些錢，讓蘇如意多幫他做幾樣東西，絕不會虧。

蘇如意看譚淵一眼，似在問他的意思。

譚淵拿起店裡的另一條腰帶問：「這個怎麼賣？」

「這條三錢銀子。」

蘇如意做的比這個好，但光是她的工錢就占了賣價的一半以上，算不錯了，便對蘇如意點了點頭。

「那好，腰帶給您，絹花還是老價錢。」因為時間趕，這回做的絹花都是普通款式，一朵五文錢。

林掌櫃看見絹花，想起一件事。「上回有個小姐看中妳做的絹花，說是要訂個二十朵。妳拿些料子，先把這批做出來吧。」

蘇如意點點頭，聽林掌櫃的意思，客人是要那些更精緻的絹花。

林掌櫃收了貨，去櫃檯拿錢。腰帶六百文加絹花，一共是六錢又七十五文。

蘇如意直接把錢交給譚淵。等會兒她的荷包還要放自己的錢，可不能混在一起了。

譚淵看著有些沉甸甸的荷包，不過半個月，她就賺得比他還多，自尊心有點受挫。他一個大男人，總不能還讓媳婦兒養吧？

「你等等，我進去挑點別的材料。」蘇如意跟譚淵說了一聲，進了店鋪的庫房。

林掌櫃跟進去，將另一吊錢偷偷給了她。

蘇如意出來後，便打算走了，卻見譚淵拿著一個盒子走過來。「試試這個。」

蘇如意好奇地打開，驚訝道：「銀鐲？這太貴了吧！」

譚淵問林掌櫃。「多少錢？」

林掌櫃笑道：「原本是六兩銀子，若是蘇小娘子要買，按進貨價，算四兩八錢吧。」

蘇如意抽了抽嘴角，他倆賺的錢加起來都不夠買。

譚淵還是從盒子裡取出銀鐲，示意她伸手。

蘇如意見林掌櫃不介意，便任由他替她戴上試了試。銀鐲上面刻著花紋，閃閃發亮，與她纖細雪白的皓腕很相配。

「煩勞林掌櫃幫我收起來。」

「啊？」蘇如意一愣。「做什麼？」

「留起來。最慢過年時，我會來付錢。」

以前蘇如意覺得銀鐲不算貴重東西，可是以現在的條件，這真是奢侈品。別說周氏了，連她都捨不得買。

「到了過年，也未必能攢這麼多呀，別買了。」

譚淵遞到林掌櫃手裡。「我買東西給自己的夫人，難不成還要用夫人的錢？我丟不起這個臉。」

林掌櫃瞧小倆口這麼恩愛，笑道：「既然人家有這個心，蘇小娘子……」

譚淵眼神淡淡地掃過來，打斷他。「她長得確實還像個姑娘。」

林掌櫃一愣，頓時反應過來，拍著腦門笑道：「瞧我這老糊塗，請問公子貴姓？」

「譚。」

「那譚夫人就別拂了譚公子一番美意吧。」

蘇如意的臉頰微微脹紅，但她目前的身分也確實不是姑娘了，拿起做手工的材料道：「隨便你吧。」快步出了鋪子。

出了外頭，冷風一吹，蘇如意的臉才恢復正常，瞪譚淵一眼，連一個稱呼也這麼認真。

譚淵卻跟她說起了正事。「妳打算把這筆錢全交給娘？」

蘇如意回頭看他。「什麼意思？」

「依妳賺錢的本事，一個月能交一兩多給家裡，加上我的就有二兩，大哥和大嫂卻只能交幾百文。交得多，拿的卻是一樣的，甚至大房因為有個小石頭，拿得更多，妳心裡不會不高興？」

蘇如意不知譚淵是真覺得不公平，還是在試探她？她當然不高興，但她現在吃住都在譚家，當初一進門，人家就說了，除了小石頭，連譚星都要幹活才有飯吃呢，她豈能例外。

她防備著眼前這條狐狸，反問道：「你說，我是該高興還是不高興？」

譚淵輕笑一聲。「妳高不高興，我不知道，但我不打算全交給娘。」

蘇如意非常意外，她一直做著離開的打算，所以儘量不想這些，實在沒想到譚淵會開這個口。

但她肯定不會順著竿子往上爬，到時候萬一被揭穿，譚家的人說是她慫恿他怎麼辦？

「為什麼？」

「現在齊勇被關進牢裡，大娘靠誰吃穿？還不是大嫂接濟。大嫂哪裡來的錢？」

蘇如意停住腳，她還真沒想過這點。「娘也不可能讓她拿太多錢給娘家吧？」

「她怎麼可能光明正大用這個理由？小石頭才是最好用的幌子。」譚淵慢悠悠道：「她手裡定然是有錢的，靠大房的私房錢，足以接濟大娘。可若是我們交得多了，她肯定會盯上這些錢，到時還不是要花在齊勇身上。」

花在齊勇身上？蘇如意激動了。「不行！我辛辛苦苦賺的錢，寧可給狗花都不給他。」

譚淵打開荷包。「妳做絹花的書契，一個月的進帳大概是五百文，加上做傘和手套的抽成，已經不少。多的，我們不出。」

五百文加上村裡抽成，一個月便能有七、八錢銀子，分他們三成，周氏那裡還能剩下五、六百文。小石頭上學堂，一年也就幾兩銀子，足夠了。

蘇如意當然答應。「行。要是東窗事發，你自己兜著，我可沒有挑唆你。」

譚淵沒想到她是擔心這個，把剩下的銀子塞進她手裡。「夫妻一榮俱榮，一損俱損，妳還想抽身？」

蘇如意看著他眼裡的調侃之意，不客氣地收了銀子，想來他也不是那種人。

手裡有錢，蘇如意就開始嘴饞了。上次開葷，還是譚淵打到野兔子的時候呢。

她忍不住盯著賣肉的鋪子，想吃肉的心思簡直全寫在臉上了。

譚淵仔細打量她。嚴婆不會讓手底下的姑娘餓著，以免壞了容色，她剛來譚家的時候，身上還有些肉，好看又福氣。興許在譚家吃得太素，又比以前累，是有點瘦了。

於是，他直接進了肉鋪。蘇如意愣了下，也連忙跟進去。

「想吃什麼？」

蘇如意聽了問話，彎起唇角，原來譚淵注意到了。

最近她就沒閒過，也算犒勞自己，但買了便不能自己吃，挑來挑去，買了三個豬蹄、一斤雞爪，燉成一鍋，夠一家子好好吃一頓了。

大家有錢的話，都想買肉吃。這種沒多少肉的東西，一共才花了四十六文。

出了肉鋪，一股冷風吹過來，蘇如意打了個哆嗦。

譚淵想起斗篷的事，又帶她去訂做斗篷，這才回家。這麼一折騰，從周氏那裡扣出來的三錢銀子又沒了。

蘇如意暗嘆，真是處處都要錢，不賺行嗎？

回去時，譚淵拿錢給周氏，順帶說了買肉的事。

「肉是拿我們自己的錢買的，除了您和小石頭需要補身體，如意最近熬夜做活，瘦了些，也給她補補。」

周氏有點心疼，但人家花私房錢買肉給全家吃，她也沒話說。而且蘇如意這麼能幹，多照顧身體也應該。

「還是得節制些。快過年，得攢點錢了。」

譚淵點點頭。「知道。」

譚星在廚房幫忙。齊芳回了娘家，她跟蘇如意便不怎麼分了，誰有空誰就做飯，或是一起做。

自從蘇如意嫁進來後，廚房裡的調料越來越齊全，做個滷味沒問題。豬蹄跟雞爪全下了鍋後，讓譚星看著火，蘇如意便回屋去了。

「娘怎麼說？」

「沒說什麼，娘可沒大嫂那麼糊塗。」

之前周氏對蘇如意沒好臉色，是因為新婚夜的事帶著偏見。但這麼久了，蘇如意安分又能幹，還買東西孝敬她，周氏都是看在眼裡的。

「對了，妳打算什麼時候去見殷七娘？」譚淵話鋒一轉。

「你倒著急起來了，不是說最近不要見面嗎？」

譚淵的手無意識地摩挲著腰帶。「有件事想與她商量，不過，要妳先答應才行。」

蘇如意攤開自己的紙筆，準備畫木雕圖紙，嘴上應著。「你說吧。」

「妳總是東一家、西一家的找些散活，終究不是長久之計吧？就算妳的手再巧，一個人能做的東西也是有限。」

蘇如意抬起頭，她是打算攢些錢開店的，卻不知譚淵是什麼打算。

「那依你的意思？」

譚淵在她對面坐下，道：「老鴇被抓後，殷七娘一個人撐下那家青樓，裡頭還有二十多個姑娘。我曾勸她做些別的營生，可她們也沒什麼手藝……」

他這麼一說，蘇如意便懂了。「你是說，我教她們手藝，一起開鋪子？可錢從哪來？」

「她們可不缺錢。」譚淵悠然道：「妳只需出手藝，她們出錢，經營交給殷七娘。其他的事，我找官府通融一下，也不成問題，妳拿分紅就是。」

蘇如意有些心動，若一下便有二十多個繡娘，那可不算小生意了。

「她們會答應嗎？」

「為什麼不答應？她們也不想困在那地方，又不吃虧，何況我還對殷七娘有恩。」譚淵道：「只要妳不嫌棄她們的身分。」

蘇如意忙擺手，她又不是迂腐的古人，只覺得這些女人命苦。「那咱們明天就去？」

譚淵搖頭。「過兩天再說，妳答應就行。最近太常出門，小心惹得村裡有些人多想。」

蘇如意點頭，交給他安排，忽然反應過來。「怪不得你敢跟林掌櫃訂下銀鐲呢，原來早打了這個主意。」

譚淵的手放在腿上。「我不過是說得好聽，其實還是要靠妳的手藝。若是前幾年，我做什麼都能養家，只是現在這腿……」

蘇如意看他自嘲一笑，心裡某處忽然一酸，衝動地一把攥住他的手。

「瞎說什麼？你這腿是為了救人沒的，多偉大啊。而且什麼叫做都靠我，沒有你，殷七娘能出人又出錢？沒有你，縣衙能有門路？你現在也比大哥賺得多，不許你這麼說自己。」

譚淵沈默地反握住她的手，遺憾歸遺憾，他卻不後悔。

若不是用這條腿救了楊婉，萬一楊婉出了意外，那他一輩子都得欠著她，更無法對這樣處境的楊婉毅然撒手，置身事外。

豬蹄燉了一個時辰才軟爛到老少皆宜，一出鍋簡直是滿院飄香，別說孩子們，連周氏的饞蟲都被勾上來了。

蘇如意把豬蹄切成小塊，見小石頭有周氏照顧著，便用勺子舀了兩塊，放進譚淵碗中。

周氏看在眼裡，這還是蘇如意進門以來，頭一回替譚淵挾菜。最近，兩人的感情顯然不一樣了，不管以前如何，兒子跟兒媳和睦，她總是喜聞樂見的。

一頓飯吃得美滋滋，晚上泡過腳後，蘇如意卻不願意上床，眼巴巴地看著還不打算睡覺的譚淵。

譚淵挑眉。「怎麼了？」

「冷……」蘇如意苦著臉。天氣一天比一天冷，連被窩裡也跟冰窟窿似的，每次躺進去都需要勇氣。

譚淵笑她。「現在知道冷了？前幾天不是還不肯跟我睡同一個被窩？」

蘇如意哪裡受過這種苦頭啊，前世不是有暖氣，就是有空調。「冬天可怎麼過呀？家裡不生爐子嗎？」

「娘捨不得多買炭，每年十一月才開始燒。」譚淵想起來，她身體寒，想買藥幫她調理，但手裡一直沒閒錢，但煤炭理應從公中出。「明天我去跟娘說，左右就差十來天了。」

蘇如意點點頭，幫他出主意。「你說我凍了手，幹不了活，娘一定答應。」

譚淵在床上坐下，伸手捏她的臉。「好啊，妳也學精不少。」

蘇如意哼了一聲。「身邊有隻老狐狸，怎麼可能不被影響？連星星都說，我跟你越來越像了。」

譚淵理所當然地點點頭。「這就叫夫唱婦隨。」

蘇如意一把推倒他。「趕緊暖被窩去！」

第二十一章

第二天上午，譚淵帶著蘇如意去找周氏。

天冷了，周氏也不能上山，就在家裡帶孩子。

「娘，您這裡有凍傷藥嗎？」譚淵問。「我記得您去年用過。」

「怎麼了，你凍著哪兒了？」周氏忙去看他。

「我皮糙肉厚的，能受凍嗎？您瞧瞧她。」

譚淵拉過蘇如意的手，本來一雙白白嫩嫩的小手，此時又冰又紅，瞧著讓人心疼極了。

「我們那屋裡照不到多少太陽，她的手怕是凍了，得抹藥養段時日。」

周氏一驚，蘇如意跟別人不一樣，她這手多金貴呀，趕緊把藥膏找出來。

「娘顧不了那麼周全，你怎麼也不早說？去找炭爐子，趕緊生上火。去年的煤還有剩呢，等下午你跟你大哥再去買一點。」

蘇如意道：「謝謝娘，您對我真好。」

周氏不是個愛說笑的人，虎著臉。「妳也真是的，有什麼事就來找我說。妳不說，我怎麼能知道？都是一家人，不要憋在肚子裡。」

蘇如意痛快應下，拿著藥膏出了房間，跟譚淵交換一個心照不宣的眼神。

中午，爐子支了起來。因為屋子不大，燒了半個時辰，便暖和了。

蘇如意開始安心地做起木雕，這可能是她接的最後一個私活。以後有了自己的鋪子，肯定要為自己忙活。

知道古人喜歡吉利的東西，她想雕刻一個蓬萊仙境，有雲有山有水，再刻幾個佛公，肯定受歡迎。

因為木料有限，這個可不容許她出錯。她刻得小心翼翼，動作便慢下來。刻的手痠或眼睛累了，她就先去做絹花。斷斷續續七、八天後，二十朵絹花做好了，他們也可以去縣裡了。

去縣裡之前，他們先繞道去鎮上送絹花。

蘇如意趁著這回跟林掌櫃提這件事，以後可能沒工夫給他做東西了。

林掌櫃大驚失色，彷彿眼睜睜讓財神爺從自己家裡溜走一樣。

「譚夫人，這可讓我怎麼辦？最近妳的貨一上架，就有人來買，大家都知道我這兒有個手藝精湛的繡娘，多了不少客人。妳要是一走，這……」

看林掌櫃一臉為難，蘇如意也不忍心，畢竟在她最難的時候，是林掌櫃給了她機會。

她看譚淵一眼，直接作主道：「這樣吧，雖然我是開鋪子自己賣，卻是開在縣裡。您要是願意，以後去我那裡進貨如何？」反正有二十多個繡娘呢，應該供應得了。

林掌櫃先是急忙點頭，而後又問：「但是，東西應該不是譚夫人親手做的吧？」

蘇如意笑道：「您放心，會由我親自教手藝，保證樣式都是最新的。做工嘛，就算到不了我這個水準，若東西沒過關，我也不會拿出手的。」

林掌櫃放了心。「那行，就這麼說定了。什麼時候張羅好，一定要告訴我。」

從林掌櫃這裡出來，他們去了縣裡，到新街胡同口後，蘇如意拿出十文錢讓六子去吃個午飯，再自己轉轉，一個時辰後來接他們。

新街胡同僻靜，但不管書中還是影劇裡的描述，青樓似乎都開在最熱鬧的地方，蘇如意越走越納悶。

「這地方真的會有人來？」

「大概都是以前的老主顧，她們賺個生活的錢。殷七娘也不想太招搖，以免惹禍。」

蘇如意聽著，對殷七娘越發好奇了。

走了大約一刻鐘，兩人到了一處宅子前。

守著門前的漢子已經認得譚淵了。「你們先進去坐，我去找七娘。」殷七娘不喜歡別人叫她什麼媽媽的，大家都喊她七娘。

殷七娘聽聞譚淵帶了個女人來，一猜便知是他的妻子，急忙出去迎接。

「可是譚嫂子？」她進門就笑著打招呼，毫不認生。

蘇如意也起身笑道：「我叫蘇如意。」

她在打量殷七娘，殷七娘也在打量她，隨即理解，譚淵對這個小妻子的百般愛護從何而來了。

蘇如意盤著婦人髮髻，一身高領的水藍色襖裙，只露出一張精緻白嫩的小臉，眼睛黑幽幽的，帶著一些好奇和探究，卻毫無城府和輕視，整個人乾淨得彷彿高嶺之花。

這樣的氣質，是她們這些女人想都不敢想的。

殷七娘在蘇如意旁邊坐下。「瞧妳比我小幾歲，我就不叫妳嫂子，都叫老了。喊妳如意可好？」

蘇如意笑著搖頭。「那我喊妳七娘。」

殷七娘說：「今天總算見到人了，我還以為譚大哥藏著，捨不得帶出來呢。」

蘇如意剛要說話，卻忽然瞧見她頭上的絹花，愣了愣。

殷七娘見狀，茫然地摸了下自己的頭髮。「怎麼了，可是有哪裡不妥？」

譚淵一眼認出來。「是妳做的那些？」

蘇如意點點頭，好奇殷七娘怎麼會有這絹花，想起之前她接近齊勇時，曾在鎮上住了一段日子。

「這是在林掌櫃那裡買的吧？」

殷七娘驚愕。「難道這是如意做的？」

譚淵抽了抽嘴角。「從他那裡訂了二十幾朵的，不會就是妳吧？」他就說呢，誰會一下買這麼多，是殷七娘就不奇怪了。

蘇如意也感覺真是無巧不成書，拍了下手。「我們來縣裡的時候，剛送貨給他。早知是妳要，便直接幫妳帶來了。」

殷七娘也笑。「我也沒想到。我們這裡的姑娘都喜歡得不得了。」

「剛好。」蘇如意將匣子打開。「妳幫了我這麼大的忙，我沒什麼能回報的，做了些女孩子用的東西，妳看看喜歡嗎？」

殷七娘接過來，一件件地看。有個繡花的玩意兒，還縫了帶子，不知道是什麼。

蘇如意拿起來，替她戴到臉上。「冬天用來遮臉的。」

「我還是頭一次瞧見。」誰也逃不了愛美，殷七娘拿起鏡子，左右照了照。「可真好看，又方便。」

「這個是包包。」蘇如意往後一轉，身上也挎了一個。「隨身帶些小東西的。」

「還有傘。」蘇如意打開。是她做的，傘面畫著喜鵲繞梅枝。

殷七娘愛不釋手。「這都是妳親手做的？」

蘇如意點頭。「妳幫了我的忙，還送耳環。相比起來，這些微不足道。」

「我那是舉手之勞。」殷七娘小心地收起來。「妳這份禮卻著實費心了。譚大哥看人的眼光果然沒錯，這麼好的媳婦兒，讓他撈到手了。」

譚淵十分坦然地接受這句誇讚，見她們聊得來，也放下心。「我們這回來，可不只是送東西的。」

「跟我還賣什麼關子？說吧。」

「想不想換個行當？」譚淵直接了當地問。

譚淵不是第一次說這件事了，殷七娘喝了口茶。「我不是說了，沒有合適……」

蘇如意笑看著她，殷七娘忽然頓住。「難道你們的意思是？」

譚淵點頭。「如意的手藝，妳也看到了。妳們這裡的姑娘心靈手巧，想必能學會。」

殷七娘如止水的心像被投入了一顆石子一樣，泛起漣漪。「如意，妳願意跟我們合作？願意教她們？」

「願意啊。」蘇如意點頭，看不出絲毫勉強。

殷七娘伸手撫上胸口，深呼了口氣。「詳細說說。」

這幾天，譚淵與蘇如意已經大致想好，出錢出人是殷七娘的事，賣東西和學手藝是蘇如意的事。買家最懂好壞，這買賣不可能會賠。

只是，若開了鋪子，難免會被同行嫉妒而生事，到時候就由譚淵負責解決。

殷七娘幾乎沒怎麼考慮便點頭。「如意這些東西，我愛不釋手。我想，只要是女子，沒有能抗拒的。」

蘇如意朝屋裡看了一眼。「妳不需要跟她們商量一下嗎？」

殷七娘笑道：「都是自己姊妹，我能作她們的主，大家都巴不得能做點乾淨營生。真有誰不願意，那賣身契給她，隨意她們去哪裡。」

過程出乎意料地順利，殷七娘這輩子已經不想著嫁人了，若能不再以色事人，便是莫大的知足。

「那咱們五五分，如意看可行？」

「四六吧。」蘇如意道，這是她在家就跟譚淵商量過的。「我不能久待在縣裡，很多事要妳操勞，妳又出錢出人，應該多拿。」

殷七娘執意不肯。「投錢誰不會啊，但真正想賺錢，還是要靠東西好壞的。就妳這個手藝，不管去找哪家店，多的是想跟妳一起幹的人。而且妳和譚大哥於我而言都是恩人，我絕不可能多拿。」

蘇如意拗不過她，最終定了五五分帳。這段時日，蘇如意畫圖紙，決定賣那些飾品和做樣品；殷七娘則要關了青樓，還要在縣裡找合適的鋪面。

「對了。」談妥後，殷七娘忽然面有難色。「還有件事，你們需要提前考慮。」

看她一臉嚴肅，蘇如意也忍不住緊張起來。「什麼事？」

「齊勇只判了一年，出獄後定會來找我質問。見你們與我來往，事情怕是就露餡了。」

譚淵嗤笑一聲。「不讓他知道，只是不希望多生枝節。若他還有臉生事，可就沒這麼不疼不癢的了。」

殷七娘見他全不當回事，便沒了顧忌，留兩人吃過午飯後，拿出一個小布包。

「這是二十兩。如意要做樣品，肯定需要銀子，先拿去用，不夠再與我說。」

蘇如意挺不好意思的，譚淵接過來。「記在帳本上。」

殷七娘點頭。「放心。」

既然是做生意，帳目當然要清楚分明，無關什麼信不信任，不然以後反而容易生亂。

出了新街胡同，六子已經在等著了，幾人又繞到街上，買了一大包各種各樣的材料。

六子盡心盡力地趕車，卻從來不多問，蘇如意不由好奇。「他怎麼那麼聽你的話？」

譚淵低聲道：「六子從小沒了爹娘，是跟在我屁股後頭長大的。要不是我時常接濟，恐怕早就餓死了。」

兩人回去後，先將一大包材料藏進櫃子裡。事情談妥了，可接下來家裡這關才是最麻煩的，比如她怎麼瞞得住人，還有留在縣裡一段時日教手藝？

「妳不用操心，到時我自有辦法。」

現在蘇如意對譚淵有種盲目的信任，既然他說沒問題，她就安心忙自己的事了。

除了做樣品和木雕，蘇如意也沒忘記村裡的事。如譚淵所說，以後未必會和村長父子鬧僵，但防人之心不可無。

做飯的時候，蘇如意還在琢磨這件事，往灶裡塞了一根木頭，一陣煙卻忽然湧出來，嗆得她趕緊捂嘴鑽出廚房，扶著牆咳嗽。

譚淵聽見動靜出來。「怎麼了？」

蘇如意指著全是煙的廚房。「今天的煙怎麼這麼大？」

譚淵將廚房窗戶打開。「今天沒什麼風，煙肯定出不去。我來燒火吧。」

蘇如意的咳嗽聲一頓，以前她做飯都是用煤氣或電磁爐，一時還真沒注意到，這裡的灶臺沒有風箱。

前世她去旅遊的時候見過風箱，據導遊介紹，早在唐宋時期之前便出現了。但她觀察，現在這個無名朝代，先進程度顯然不如唐宋，應該還沒有人做過風箱。

她對這些東西本就感興趣，當時多留意了下。風箱的構造並不複雜，就是出風口、進風口和拉桿，應該做得出來。

「譚淵，你看著火，我有事！」

她心急火燎地回了屋，找出紙開始畫。

她將來的店裡可不打算賣這玩意兒，正好教村民們做。

吃過飯，蘇如意催著譚淵幫她找需要的木板，她先用小木片試做，看看哪一種樣品行得通，再動手用木板做。

譚淵已經習慣了她這些奇思妙想，和六子出去一個時辰，替她拉回半車木板。

蘇如意將長寬畫好，讓六子先鋸木板。做到第四個樣品的時候，終於驚喜發現，可以用了，外型也跟她見過的一樣。

她信心滿滿，打算開始用木板做第一個風箱。譚淵的手也算巧，怕木刺傷了她的手，便讓她在一旁指揮，由他來做。

幾個人忙活一下午，經歷一次失敗後，在傍晚將風箱做好了。

蘇如意拉了幾下，確定除了出風口外，其他地方不會漏風。拉桿很順，燒出來的煙也能順利排出去。

「好了！」她擦了擦額頭，笑靨如花。「辛苦了。」

六子好奇地看著這玩意兒，問出了譚淵想問的話。「嫂子，這到底是什麼？」

「這叫風箱。」蘇如意洗了手巾。「明天就把它安在灶臺上。」

譚淵半懂不懂。「這是往灶裡吹風，讓火更旺的？」

蘇如意點頭。「不止，它還能讓煙從煙囪排出去，不會倒灌到廚房嗆人。」

「這麼好用？」六子驚奇。「那我明天也來幫忙。」

蘇如意笑道：「行。辛苦你了，吃了晚飯再回去吧。」

她對六子頗為照顧，六子與她也親近了不少，並沒有推辭。

晚上，蘇如意躺下後，靠著譚淵說：「明天裝風箱的時候，把村裡的人也叫來。」

「妳要教他們做這個？」

蘇如意點點頭。「我們要開的鋪子，主要是做姑娘們用的精緻東西，不賣這個。但風箱家家戶戶都用得著，利潤不會少，到時候只看村長怎麼訂價，他們不會放過這個占便宜的機會的。」

譚淵揉了揉她的頭髮。「好。」

第二天一早，譚淵就讓六子去叫人，說蘇如意做出了新東西。

大家自然好奇，連周成也跟著來了，村民滿滿當當站了半院子，連譚威和周氏都不知道怎麼回事。

蘇如意讓譚威和六子將灶臺挖出兩個洞，和風箱上的兩個進風口位置相通，出風口則要露在外頭。

大家一頭霧水地看著兩人搗鼓半天，一尺長的木頭箱子被裝在灶臺邊。

周成站在蘇如意身旁問：「這是什麼？」

蘇如意讓大家看灶臺裡頭。「這些木炭都燒完了，只剩火星子。」說著，在炭屑上放了兩塊木柴，讓六子拉風箱。

灶裡進了風，呼呼的聲音將木屑吹得在灶中飛舞。拉十幾下，快滅的炭屑冒出了火光。再幾十下，燃起小火苗，上面的木柴被徹底點燃。

「原來是往灶裡灌風的！」眾人驚呼道。以前碰到不好燒的時候，他們只能拿著扇子死命地搧，還不一定有用。

「除了灌風，大家看看，這些煙也朝煙囪的方向跑了，不會冒出來。」

「真的啊？」有人躍躍欲試。「讓我也拉拉看。」

大家興致勃勃地挨個去拉風箱，沒一會兒，一鍋水就燒滾了。

「好了。」眾人七嘴八舌，譚淵聽得實在有些頭疼。「如意本來就打算教大家的，先去大院兒，讓護衛們準備木板，再慢慢學吧。」

村民們興奮地擁著蘇如意出去，周成跟在後面，眼中閃過精光。

這無疑是個會大賣的好東西，若是村裡做出來，直接送到他的鋪子賣，那村裡不僅能拿一份抽成，他們父子也能享受賣出去的利潤。

他看著蘇如意的背影，緊緊攥了攥拳。比起美色，她的本事才是最有價值的。

蘇如意花了一天工夫，教會大家風箱的做法。

大家都想先幫自家做一個，一時半刻不會拿出去賣，蘇如意就先做她的木雕。

刻了十多天，這尊不大的木雕便快完工了。

譚淵原本以為她是刻著玩的，誰知隨著作品成型，這塊木頭越發綻放出美感和光澤，讓人驚豔得移不開眼。

東西是，人也是。

譚淵端著茶杯，目不轉睛地看著低頭專注用小刀一點一點刻木頭的蘇如意。旁邊就是火爐，烤得她臉頰微紅。

他的眼神有些複雜，難怪她一直想走，她壓根兒不是待在這山裡的人，只因他自私，捨不得罷了。

等村裡終於做出第一批能賣的風箱時，蘇如意的木雕也完工了。

周成拉著東西去了縣裡，說是要找鋪子合作，商量價錢。

蘇如意也要去送木雕，但她和譚淵沒有跟周成一道去，而是等譚淵回家後才出門。

從大院兒回來的譚淵上了驢車，蘇如意問他。「怎麼樣？」

「他給鋪子的價錢是五十文。除去成本，村民做一個可以分二十文，村裡抽成十文。」

「這麼少？」蘇如意驚愕。做風箱是體力活，還是稀罕的新東西，結果竟然只比做傘多拿了幾文錢。

「那大家怎麼說？」

「沒說什麼，不過抱怨兩句就接受了。周成說，這是新東西，大家可能一時接受不了，店鋪也不知能不能賣出去。而且只是幾塊木板做的，能賺二十文已經不錯了。」

「他這是洗腦。」蘇如意捂緊自己的新斗篷。「等風箱賣出去了，咱們看看賣價是多少，到時候大家就知道有多虧了。」

第二十二章

只是，譚淵和蘇如意都沒想到，會這麼快就又見到風箱。

當蘇如意抱著用布包好的木雕踏進萬寶肆時，一眼便看到兩個擺在架子上的風箱。她驚訝地與譚淵對視一眼。這麼巧，周成居然是跟這家鋪子合作。

孫振見到她來，上前問：「姑娘已經做好了？」

蘇如意壓下心中的驚訝，點點頭，把東西遞過去。「您看看。」

孫振打開一看，眼中頓時一亮。他本已做好賠掉木料的打算，孰料她不但雕出來了，也沒有誇大半分，雕工比他店裡賣的上乘木雕還要精細，還要逼真。

「姑娘好手藝。」他感嘆道。

蘇如意沒心情聽他的誇讚，直接問道：「孫掌櫃覺得該如何訂價？」

孫振摸了摸自己的山羊鬍鬚。「成品雖好，可惜木料不是頂尖，不過衝著姑娘這雕工，賣十兩銀子並不是問題，除去成本和賣價的利潤……」

他沈吟一下，伸出三根手指頭。「三兩如何？」

「好。」

蘇如意沒打算討價還價，畢竟是她接的最後一筆生意，而且按他店裡那些木雕賣價，確實不虧。

孫振讓夥計去拿銀子，發現蘇如意正盯著貨架上的風箱瞧。

「孫掌櫃，這東西好稀奇，是幹什麼的？」

孫振笑道：「姑娘沒見過吧？這可是個新玩意兒，是裝在灶上的，不但能往灶裡吹風，還能排煙，我們也是剛進貨。」

蘇如意點點頭。「是嗎？這麼好用。怎麼賣呀？」

「一錢銀子。」

譚淵的臉一沈，周成不用出人、不用出錢，光是賣就賺了五十文以上。

難道周成談的時候沒有問賣價？若知道能賣一錢，他最少該出七十五文，除去二十文的本錢，村民可以分到四十文，村裡抽十五文。現在足足少拿一半，簡直是在吸村民的血。

蘇如意扯出一個笑。「還真沒見過。那我們先走了。」

孫振忙喊住她。「哎，蘇姑娘等等，妳不拿木料了嗎？這回任由姑娘用。」

蘇如意搖頭。「最近有些忙，抽空再來拿吧。」說完，迫不及待地拉著譚淵出了鋪子。

兩人上了驢車，往新街胡同走的時候，蘇如意忍不住道：「為什麼賣一錢銀子，村民才能分到二十文？難道周成也被店鋪矇騙了？」

譚淵哼了一聲。「他不是那麼沒腦子的人，何況以後還要來往合作，店家怎麼可能瞞得過他？」

「你是說，他跟店裡談的並不是五十文，而是自己私下貪了？」若是這樣，那也太不是東西，完全是空手套白狼。

「他是仗著村民們聽話，而且極少出門，不清楚行情。等著吧，這事就是周成埋下的一顆雷，我們只需要讓它在合適的時機爆開。」譚淵眼中閃過一絲冷意。繞山村是他出生長大的村子，他不可能看著村民一直在周志坤父子底下吃虧。

譚淵說罷，又扭頭看蘇如意。「他說的木料隨意用是什麼意思？妳不是說那木料是人家不要的？」

他以為蘇如意是刻好才拿來賣的，可聽那掌櫃的意思，分明是一早就談好的，與林掌櫃的合作一樣。

蘇如意嘴角一僵。「本來就是人家讓我試試的，看我做得好，才願意繼續合作。他不都說了嗎，那不是好木料。」

譚淵別有深意地看她一眼，要不是他跟她來，她大概不會跟他說實話。至於她一直偷偷攢錢的事，為了什麼，他很清楚。

他並不打算阻止，也不戳穿。到時候，他會讓她心甘情願留下。

譚淵與蘇如意再去新街胡同的時候，玉關樓已經大門緊閉，顯然是關門，不再接客了。

蘇如意上前扣門，很快就有人來開。這回應門的是個姑娘，模樣清秀，打扮也很簡樸，沒有半點青樓女子的氣息。

她認出了譚淵，驚喜道：「譚公子，這位就是譚夫人了吧？我叫凌月，七娘念叨你們好幾天，鋪面都找好了，卻不知道去哪兒通知你們。」

幾人進了內院。之前裡面是待客的地方，他們是在門口的廂房見面，此時宅子重新佈置過，看起來就是一座正常的住宅。

他們還未走進大堂，就聽見一片說笑聲。

凌月上前打開門。「瞧瞧誰來了？」

大堂十分寬敞，沒有多餘的東西，只有一些桌椅，七、八名女子正坐在一塊兒，手裡還拿著繡活。

她們認識譚淵，也知道這回是誰拉扯了她們一把，紛紛放下手裡的東西迎上來。

殷七娘脆聲道：「行了，又不是接客，怎麼還這樣鬧騰。說正事。」

大家被調侃了，也不惱，幫譚淵和蘇如意搬來椅子，坐在旁邊聽。

殷七娘將地契拿出來。「人家急著賣，我也找不到你們商量，就自作主張買了下來。位置好，有兩層樓。如果不夠，還能加蓋。」

「買下來了？」蘇如意驚訝。「那得花多少錢啊？」

「二百兩，是大家一起出的錢。店裡的五成利，也是我們一起平分的。」殷七娘不缺錢花，只希望樓裡的姑娘們安安穩穩，一直有錢賺。不管賺多少，衣食無憂就行。

譚淵在縣裡待過兩年，自然很熟悉環境。「價格有些貴，但地段確實不錯。」

「是貴了點，不過貨架全留下了。」殷七娘笑道：「我可不是會吃虧的人。」

蘇如意拿出自己做的幾個樣品，有腰帶、絹花、香囊、荷包、雨傘還有口罩跟剪紙。

「工夫有限，暫時先做這些，但能賣的還有很多。」

大家妳一個、我一個拿起來看。雖是青樓女子，卻是見過好東西，也有不少男人會拿這些來討好她們。可蘇如意這手藝，絕對是數一數二的。

「好漂亮！」眾人的讚美聲此起彼伏。

殷七娘手裡拿著一只青竹香囊。「如意的本事，我信得過。你們打算什麼時候來教？大家怕是得學一、兩個月吧？」

譚淵早有打算。「這幾天就會搬來，我們來住一個多月，應該能教得差不多。剩下的就靠妳們多練了，最遲過年便能開張。」

「好，那我替你們準備房間。」
幾人談好後，譚淵帶蘇如意離開了新街胡同。
蘇如意問他。「搬來住一個多月？你怎麼跟娘說？」
「就說縣衙的兄弟在縣裡幫我找了活計，需要去一個多月，身邊自然需要妳照料。現在村子裡沒什麼事用得著我的，能出來賺錢，她怎麼會攔著？」
倒是個好主意，但蘇如意想到他的腿。「什麼活？」
譚淵沒回答她，回頭看了眼，已經快出胡同了。
「妳去找六子，讓他把車趕進來，我還有件事要交代殷七娘。」
蘇如意以為他走不動，點點頭，去胡同口找六子了。

譚淵又返回了宅子。
開門的是吳泰，見他回來，有些訝異。「譚公子還有事？」
譚淵點點頭，讓他去叫殷七娘。
殷七娘快步過來。「怎麼了？」
譚淵看吳泰一眼。「明天勞吳兄弟去家裡找我，裝作是縣衙的捕快，說有樁舊案要重查，大人讓我來縣裡幫忙。」

殷七娘懂了，記下他的住處後，見他不動，便問：「還有別的？」

譚淵伸出手。「香囊拿來。」

「啊？」殷七娘一時沒反應過來。「香囊怎麼了？」

譚淵繃著臉，不看她。「別的需要學，但妳們不都會縫香囊嗎，留下幹什麼？」

殷七娘心思玲瓏，見他那彆扭的樣子，噗哧笑出聲。「行，我去拿。」

譚淵也有些尷尬，但那是蘇如意繡的第一個香囊。

當時，他還湊過去看了，問她怎麼喜歡繡些松啊竹啊的？蘇如意說，感覺這些東西和他挺搭。

他還以為她繡完會送他呢，孰料她拿來展示不說，居然還留給她們了。

殷七娘出來，將香囊遞給他，見他立刻塞進袖中轉身離開，耳尖卻多了一抹粉色。不由驚奇，這冷冰冰的男人，竟能對一個女人做到如此地步。

她收斂了笑意，說不出是淡淡的失落還是羨慕。但蘇如意那樣的姑娘，哪個男人又能不喜歡呢？

是夜，蘇如意再問，譚淵讓她等著明天出門就行。

晚上，蘇如意乾脆先將東西收拾收拾，將要帶的衣服疊在一處，到時候直接拿就行。

譚淵不知道她也收拾了他的衣服，見她埋頭在櫃子裡整理半天，忽然想起，他回來就把香囊藏在自己的衣裳中了。

他忙起身，剛走過去，蘇如意轉身，手裡拿著那個香囊，眼神半是疑惑、半是好笑。

「難不成你折回去，便是為了把這個要回來？」

譚淵盯著香囊半晌，憋出幾個字。「我以為妳要送我的。」

蘇如意歪頭回想。「我什麼時候說了？」

「妳不是說我就適合松竹嗎？」

蘇如意確實這麼說過，也真這麼覺得，但這個香囊是沒打算送給譚淵的。她豈能不知道，在古代人眼中，送香囊、手帕、玉珮的，等於是定情信物。

可這是譚淵自己要回來的，那就不是她送的，更不可能真那麼小器，還要回來。

她笑著替他收進衣櫃。「虧你還好意思回去找人家要，不怕被笑話啊？」

「夫妻間的事，有什麼可笑。」譚淵恢復以往的厚臉皮。「早點睡，明天有得忙了。」

次日上午，吳泰就來了。他高大壯碩，站在門口跟座小山似的，來開門的譚星險些嚇得叫出聲。

「你、你是誰？」

「請問譚公子住在這裡嗎？」

譚星點了點頭，又問：「你找我大哥還是二哥？」

「譚淵。縣令大人命我來找他。」

一聽是縣令，譚星趕緊把吳泰請進門。「二哥，快出來，有人找你。」

譚淵出屋子一看。「原來是吳兄，屋裡請。星星去泡茶。」

譚淵帶著吳泰去正屋坐，周氏聽見嚷嚷聲，也好奇地出來看。「老二，這是怎麼了？」

吳泰起身，對周氏抱拳。「老夫人，是這樣的，前兩年有個案子，忽然有冤主來告，要翻案。當時是譚兄負責此案，所以大人想請譚兄再回去幫忙重查。大人說，可能需要費些時日，查案期間的工錢，會按原來的俸祿給。」

縣令大人來喊人，周氏哪敢不讓譚淵去，何況還有錢拿，問他。「你去縣裡住哪兒？」

吳泰道：「大人有幫譚兄安排住處，只是譚兄腿腳不便，可能需要人照顧。大人說，要麼請家裡人去，要不幫他請個小廝。」

譚淵皺眉。「一介草民請什麼小廝？我也不習慣生人近身。」

周氏也覺得不合適，點點頭。「他都成親了，讓如意跟著去就行。」反正她那活兒在哪兒都能幹，而且兩人才成親一、兩個月，分開久了也不好。

譚淵陪著吳泰說話，讓譚星去叫蘇如意收拾東西。

譚星一邊幫著收拾、一邊捨不得。「不知要去多久呢，二哥都離開兩年了，怎麼還非要他回去？」

蘇如意不是信不過譚星，可她畢竟是周氏的親閨女，若幫忙隱瞞，夾在中間也是為難。「他經手過，知道得細，查起來事半功倍。」蘇如意把衣裳包起來。「回來的時候買禮物給妳，想要什麼？」

譚星悻悻搖頭，她也想去，可大嫂還沒回來，二嫂又走了，家裡不能沒人做飯。

吳泰是趕車來的，兩人收拾好，便直接上車離開。

殷七娘早替兩人備好了房間。這裡不管條件和家具，都要比譚家好得多，也捨得燒炭，一進去就暖烘烘的。

殷七娘帶著蘇如意見了院裡的所有姑娘，一共二十一人，最小的十九歲，最大的也才二十四，模樣都很好看。

「我的手不靈巧，就不學了，也不插手。教什麼，怎麼教，由妳說了算。」

蘇如意點點頭。每個人的天賦不同，手巧的人，也未必適合做所有的東西。比如譚星做個傘、編個筐沒問題，但女紅這種細活就不太行。

這段時日，殷七娘和譚淵負責裝修店鋪和佈置，蘇如意畫了幾種放特定物品的貨架，需要訂製，其他的就不插手了。看殷七娘的衣著打扮和宅子佈置，眼光還是不錯的。
而且，最讓蘇如意開心的是，這裡的伙食比起譚家，實在好太多了，還有特地請的廚娘。因為人多，各種食材都不少。
睡過午覺後，譚淵帶殷七娘和吳泰出門辦事，蘇如意在大堂內開始教學。
她桌前放著一疊圖紙，畫的全是要賣的東西。
「為了儘量不浪費材料，大家先看看這些圖，覺得自己擅長什麼，能做得了什麼，就專心去做。二十一個人，每個人頂多選個兩、三樣就夠了。」
大家湊在一起看圖紙，有人女紅好，就選香囊、手帕、腰帶；有人手工好，就選傘啊，或是絹花之類。
蘇如意肯定是最忙的，每樣東西都需要她先親手做，姑娘們在旁邊學，她再一一指導。
但最讓蘇如意頭疼的，還是工具。
她工具箱的東西比這裡的要好許多，但必須要用完才有新的。比如膠水，只能拿出一瓶，這瓶用完了，工具箱才會有新的。
她只能把工具箱擺在自己面前，還不能讓她們看，她們需要什麼便拿出來，等用完了才能再拿新的。
這麼多人，用量也大，她不可能一直拿，這麼個箱子能裝多少？久了，大家也要起疑。

之前她一個人做，沒買這些東西，現在看來，還是不能省這筆開銷。而且不能買次等貨，以免自砸招牌。

姑娘們學得很認真。被賣進青樓，本就一輩子沒有別的出路，現在有人能教她們一技之長，可以用自己的雙手賺錢，誰也不想繼續墮落。

一下午過去，蘇如意便跟大家熟了。雖然名字還沒記全，但這群姑娘們個個是社交高手，絲毫不會讓她覺得不自在。

天色暗下，蘇如意便不讓她們再做。這是一輩子的事業，可不能為了急於求成，把眼睛熬壞。

時辰還早，她挽起袖子去了廚房。

午飯時她就發現了，這裡菜式多，但一道辣菜都沒有。後來問了廚娘才知道，姑娘們怕上火和長痘，所以不吃辣的。

蘇如意打算動手做些辣菜，她們想吃就跟著吃一口，不想吃也不勉強。

這裡的食材全，蘇如意饞水煮肉片很久了，做了一小盆。得知今晚要煮麵，又做了個酸辣肉臊，夠解饞的了。

吃晚飯時，譚淵他們回來了，大堂的四、五張桌子已經併起來，夠大家坐。

蘇如意將水煮肉片擺在中間，方便大家吃，起身先替譚淵挾了一小碗，他也愛吃辣的。

「這是什麼？」看著火紅火紅的肉片，大家一時不敢動筷子。

「辣椒肉片。」蘇如意才吃兩片，嘴唇已經紅彤彤了。

「沒想到如意的廚藝也這麼與眾不同。」殷七娘先捧場地挾了一片，一入口，很衝的辣味直逼嗓子，忙轉過頭輕咳兩聲。

蘇如意道：「吃不了辣，不要勉強。」

殷七娘擺擺手，嚼了兩口，肉很嫩，越嚼越口齒生香，回味無窮。

辣味本就開胃，等第一股辣勁過去，殷七娘又開始饞了，再挾一片。

見她吃得津津有味，其他人也嘗試，最後蘇如意根本沒吃到幾片，連臊子也被姑娘們瓜分了。

譚淵笑著把自己沒吃完的半碗推給蘇如意。「不嫌棄為夫的吧？」

他說話聲音低，蘇如意紅著臉瞪他一眼，敵不過饞蟲，還是吃了。

第二十三章

吃過飯，殷七娘來問蘇如意要不要泡澡，還特意幫他們夫妻買了新浴桶。就算蘇如意不介意用姑娘們的，還有譚淵呢，總不能混用。

蘇如意當然要了，譚家沒浴桶，只能用水擦洗。現在這麼冷，這裡的浴房溫暖多了。吳泰幫她提了兩桶涼水、兩桶熱水。之前樓裡常用水，有幾口大鍋是專門燒熱水的。

蘇如意先將身上擦了一遍，才舒舒服服地泡進去，這才叫生活啊。

泡了一刻鐘，水變溫了，她才出來，擦乾身子換上中衣，披上斗篷回了屋。

「我洗完了，你去吧。」

譚淵抬眼，她整個人被蒸得白裡透粉，一張臉更是水嫩嫩的，彷彿剛出水的芙蓉，將斗篷一脫，露出細長的脖頸，引得人想咬一口。

「吳泰已經換了水，你快去洗，等會兒該涼了。」

譚淵應了聲，拿著要換的衣裳出去。

蘇如意散下頭髮，這裡的鏡子也有臉盆那麼大，還清楚多了。她對鏡塗好面脂，就鑽進了被窩。

等譚淵回來時，她已經快睡著了。

譚淵帶著一股清涼的氣息鑽進來，蘇如意立時清醒了幾分，嘟囔著推他。「冷。」

譚淵沒好氣地笑了聲。「我天天幫妳暖被，妳替我暖一回，就嫌棄了？」

蘇如意聽了，只好往裡面挪了挪。

譚淵也捨不得讓她冷著，將身子捂熱，才把她摟過來。

蘇如意窩在他的胸口。「你們今天出去做了什麼？」

「找工匠修復鋪子裡磨損的地方，重新粉刷，也找木匠訂做了妳要的貨架。」

蘇如意面露憧憬，不由伸手搭上他的腰。「我們也要有自己的店了。」

譚淵呼吸一緊，跟她相擁的每一天都是莫大考驗，她身上散發著淡淡的香氣，整個人也溫溫軟軟的。他埋進她髮間，深吸了一口氣。「妳呢？教得怎麼樣？」

「大家都很好學，但像木雕那種，一般人是學不來的。我挑的那些小玩意兒，只要知道怎麼做，多練就行。」

譚淵嗯了聲，不再說話，但懷裡的人卻不時動一動，一直沒睡。

「怎麼了？」

「我們開了店，以後被家裡知道，怎麼解釋？」

「娘那裡不必擔心，也就大嫂會有些怨言，影響不了什麼。」

兩人又低聲說了幾句話，便睡了。

次日一早，蘇如意身子一動，便感覺到不對勁，小腹墜墜地脹，還有那股熟悉的痛感，臉立時垮了下來。

趁著譚淵不在房間，她趕緊去淨房將月事布戴上，然後躺回被窩。

譚淵漱洗完進來，見蘇如意躺著，以為她還沒起床。走近一看，發現她苦著臉，整個人縮成一團。

他頓了頓，問道：「來月事了？」

蘇如意點頭，她恨不得來月事的第一天直接昏迷，第二天再醒過來。

譚淵上前摸了摸她的手。「上回妳是剛進門那幾天來月事的，這都過了快兩個月。」

「有些人是不準的，表示身體不對勁。」

譚淵想起譚星說的，若是女子體寒，不僅每次來月事受罪，將來還影響懷孕，起身道：「我去找殷七娘。」

這裡姑娘多，肯定什麼情況都有，殷七娘懂得多些。

殷七娘聽說蘇如意因為來了月事而肚子疼，吩咐廚娘熬薑糖水，然後讓凌月去拿藥膏。

她跟凌月也是每個月會疼，有位郎中替她開了可以貼在腳底的藥膏，說是腳底有穴位，能自己生熱。

「這些辦法都是治標不治本，需要長期吃藥調理。凌月吃了好一陣子的藥，現在就不怎麼疼了。」

蘇如意點點頭。「你們去忙吧，我躺躺就好。」

「妳跟她們還不熟，今天讓譚大哥留下吧。做工的人大致都找齊了，我去盯著便行。」

「辛苦妳了。」譚淵衝她點點頭，也沒客氣。

殷七娘出去後，譚淵在爐邊烤了烤手，從被窩探進去。

蘇如意還沒開口，便感覺熱烘烘的大手隔著中衣貼在小腹上，暖流蔓延，閉了閉眼，沒有讓他挪開。

「等會兒我讓人去找郎中，按照郎中幫妳開的藥方，開始調理。」

蘇如意沒拒絕。現在她手裡也有些閒錢了，自然還是身體要緊。疼起來，真是什麼都不想管了。

「如意？」凌月在外頭敲門。「我拿藥膏來了。」

譚淵起身開門，接過藥道謝，煩勞她跑一趟找郎中來。

他進房，將蘇如意的被子掀開，露出白嫩小腳，撕開藥膏替她貼在腳心上，順勢握住。

「腳這麼涼，難怪疼。」

蘇如意一踢，惱道：「你放開。」

譚淵幫她蓋好被子，繼續替她揉肚子。

兩刻鐘後，凌月帶著郎中來了。

郎中把過脈，肯定道：「以前身體受過寒，起碼要吃一年的藥，再看看效果如何。」

他開了個藥方，讓蘇如意先拿一個月的量，等月事結束再開始喝，一共兩錢銀子。

蘇如意心疼也沒轍，身體才是革命的本錢啊。

她喝了一碗薑糖水，下腹的疼痛緩解了些。可來月事這幾天，手腳是由內而外的發涼，蓋著被子都沒用。

譚淵乾脆脫了衣袍躺下，將她的兩隻手塞進自己中衣。

蘇如意的手貼上他滾燙的胸膛，臉都紅了，不由往後躲，想把手抽出來。

「別動。」譚淵嚴肅道：「腳貼著我的腿。」

蘇如意心想，他身上還真熱，雖然天涼的時候，他的腿也會疼，但其他地方跟火爐一樣，可見身體是很好的。

剛才郎中來的時候，她想問問他的腿，可一來房間裡還有別人在，二來她怕譚淵不高興。這麼久了，他從未在她面前露出那條受過傷的腿，還是等她有空再找郎中問問。

大家知道蘇如意不舒服，今天自己練習，沒人來打擾她。蘇如意睏了，便躺在譚淵懷裡睡了一覺。

蘇如意出門的第二天，周成才聽說他們夫妻去縣裡的事。其他村民沒懷疑，他卻有些不信，八成又接了什麼私活，不想讓別人知道，才編理由的吧？

譚淵一個斷腿的人，又離開了縣衙兩年，縣令怎麼會還叫他回去查案？搞得縣衙好像沒人了似的。剛好，他也想去看看風箱賣得如何，便趕車進了縣。

夥計們對他非常熟悉，以為他是跟鋪子合作的人，並不知道他才是老闆。

「周公子來啦？孫掌櫃在二樓。」

周成先去看了看風箱。「這東西賣出去了嗎？」

「擺在這裡不太好賣，又不能在店裡試，大家都半信半疑。昨天孫掌櫃讓我們抬著它出門，說是可以先試用，若覺得有用，想買再付錢，還真賣出三個。等這東西的妙處傳出去，就能好賣了。」

周成讚許地點點頭，當初就是看出孫振有點本事，才將鋪子交給他看管。

上樓後，周成和孫振進了耳房說話。「最近蘇如意有來過嗎？」

孫振取出蓬萊仙境的木雕。「還是您有眼光，這姑娘的手藝果真不俗。我還沒訂價呢，等著您來看。」

周成接過，細細打量，眼神越來越深邃，像是能透過木雕看到那個渾身發光的女人般。

「這個不賣了。」他收起木雕。「她又拿走了什麼？」

孫振搖頭。「她說最近有些忙，沒空做，等有工夫再來。」

周成推算時間，更加確定，他們二人絕不是替縣衙辦事，而是遇到了什麼好生意。

他不能去縣衙追問，青陽縣說大不大，但也不可能輕易找到人。看來，不能再拖了，若真讓蘇如意做出名堂來，父親怕是也壓不住她。

「把她的書契給我。」

周成拿著書契和木雕回去，找了周志坤，把事情全告訴他。

周志坤不悅道：「他們夫妻竟然這麼大膽？前兩天不是剛替村裡做了風箱？」

周成搖頭。「您看這個木雕，孫振說最少能賣十兩，她就能賺三兩銀子。她教大家的都是些微不足道的東西，不過是為了穩住我們，不讓我們看出她接私活罷了。」

「真是豈有此理。」周志坤在村裡向來是說一不二，什麼時候被人如此陽奉陰違過。

「您別急呀。」周成道：「這回他們出門不知要多久，其他人未必知道。沒人當面對質，也不好發作。」

「把他家裡的人叫來。」

「那要等到什麼時候？」

周成看了眼外頭，低聲道：「爹，我有個主意。揭穿她容易，可若因此鬧僵，就算她不接私活了，可藏著掖著不願替村裡出力怎麼辦？我們總強迫不了。」

周志坤點點頭。「那你有什麼主意？」

「書契和木雕在我們手裡，就是把柄。」周成眼中閃過勢在必得的光。「由兒子跟她談，讓她為我們所用。她一個人發揮的作用，不會比這個村子的差。」

一晃眼，一個月過去，蘇如意將五十多種東西教了大半，鋪子也在緊鑼密鼓的督促下完工了。

殷七娘讓姑娘們在家裡多練習，帶著譚淵和蘇如意去驗收店面。

蘇如意不知道長榮街在哪兒，可走過去立刻就有印象了，這鋪子剛好在他們之前看戲的那家玉器店附近。

殷七娘扶她下車。「瞧瞧。」

蘇如意退後幾步，仰頭看去。之前她沒注意過這間鋪子，不知原本的樣子，現在一看，外觀煥然一新。按她所提的要求，綠瓦朱牆，在一眾灰瓦中，清新又顯眼。

譚淵也發現了，蘇如意喜歡綠色。

進去後，裡面的佈置也與其他商鋪不同，貨架多而不雜，仍留了寬敞的走道。

鋪子裡的角落放了盆栽，蘇如意還讓譚淵在梁上吊了花籃，牆壁上掛著花草動物的畫作，看起來鮮活，又不失風雅。

不僅如此，二樓特意留了兩間換衣間，方便女眷試腰帶或其他衣飾。中間放置屏風，另一頭擺了幾張桌椅，供客人休息喝茶。

「如意加的這些巧思，才是這家店的出眾之處，我從未看過如此貼心還雅致的鋪子。等開業了，把那些精緻的飾品擺上去，不知會有多漂亮。」

蘇如意轉了兩圈，也喜歡得不得了。「我就是提個主意，還是七娘張羅得好。」

「行了，妳倆別客氣來客氣去了。」譚淵在椅子上坐下。「我看大堂已經堆了不少東西，何時能開張？」

「我已經挨個教過十五、六個繡娘，手藝像模像樣，可以做貨品了。再過五、六天，便能教完其他人。我看，能趁著開張前把貨品備個七、八成，趕上過年的採買。」

「太好了。」殷七娘笑道：「再不賺錢，我們這幾個人的老本都快掏空了。」

「七娘可別說這話。」譚淵淡淡道：「如意定會過意不去，晚上都睡不好。」

蘇如意確實有些緊張。「妳們這麼多人呢，開銷也不小，錢是不是真的快花完了？」

相處了這麼久，殷七娘早對蘇如意的單純有所了解，笑著拍拍她的臉。「放心，我像是那麼傻的人嗎？」

蘇如意問過譚淵，粗略算過，買店鋪、重新裝修、置辦家具再加上各種材料，最少也得花掉五、六百兩。對於她這個身上連五兩銀子都沒有的人，簡直是鉅款。

看過鋪子，殷七娘又帶蘇如意買了幾盒點心，就準備回去了。

馬車上，蘇如意正跟殷七娘說話，譚淵忽然把她的帽子往下一壓，低聲道：「別動。」

蘇如意嚇了一跳。「怎麼了？」

譚淵說著話，側過身半摟住她，瞬間後又鬆開手，一臉嚴肅地朝對面看去。

「吳兄，停車。」

吳泰將馬車停下。「怎麼回事？」

譚淵帶著蘇如意和殷七娘下車，進了路邊的布店，又交代吳泰。「吳兄，煩勞你去對面的萬寶肆一趟，尤其注意那個剛進門、年約二十多歲的黑袍男子。」

見吳泰進了萬寶肆，殷七娘才疑惑道：「你認識那個人？他有什麼問題嗎？」

譚淵一邊看著布料、一邊留意對面的動靜。「回去再細說。」

蘇如意會意，低聲問他。「是不是周成？」

譚淵點頭，蘇如意還是疑惑。周成跟萬寶肆有合作，即便去了又有什麼稀奇，為何譚淵這麼在意？

為了不顯得太可疑，殷七娘還買了一疋布，逗留大約兩刻鐘。

等周成趕車走後，吳泰才回來，幾人沒多說什麼，回到宅子便進了房間，關門商議。

「吳兄可探聽到什麼？」

吳泰搖頭。「一樓跟二樓，我都去了，還特意問了掌櫃在不在。夥計說他在耳房與人談生意，出來後就離開，你們也都看見了。」

「這人是誰？」殷七娘奇怪道。

「是我們村長的兒子。」蘇如意解釋了周志坤父子的作為，還有跟萬寶肆的合作關係。

譚淵看著蘇如意。「妳第二次見他，只在一樓說了幾句話。那第一次談合作的時候，可有進耳房？」

蘇如意搖頭。「都是在外面談的。周成就算來萬寶肆，也沒什麼奇怪的吧？」

「他是獨自趕車來的，而且沒帶任何貨物。」譚淵沈思。「以往他來縣裡，都是護衛趕車，而且已經談好合作，又不是送貨，為什麼又獨自來一趟，還非要去耳房談？」

殷七娘問：「是不是他跟萬寶肆的掌櫃合謀起來收回扣？」

「不好說。」譚淵又問吳泰。「吳兄，你仔細回想，方才他們可有什麼異樣的神態？」

吳泰肅著臉。「周成是被掌櫃送出門的，兩人還在門口說了幾句話。我不好靠近聽，但掌櫃一直微躬著腰，似乎對周成十分客氣。」

幾人都不傻，周成與萬寶肆雖然是合作關係，但說白了，應該是周成求著人家辦事才對，鋪子從哪裡不能進貨，不一定非要收他的。

「其中定還有隱情。」不過畢竟是自己村子的事，譚淵沒再多聊。

晚上，譚淵還在想著這件事，手指有一下、沒一下繞著蘇如意的髮尾。

「你們第一次談合作的時候，他應該不清楚妳的手藝，為什麼敢直接給妳木料？」

當時蘇如意就覺得奇怪，還問過孫振，孫振的說詞是她不像騙子，但怎麼想都很牽強。

她仔細回想一遍，抓住譚淵的臂膀道：「我想起來了！我來找孫掌櫃的時候，他待在耳房內，出來跟我談了幾句，似乎不相信也不想跟我合作。但耳房的門忽然從裡面被敲了幾下，他就說要進去跟家裡人商量。出來後，他不但答應合作，還不要我出木料錢。」

譚淵的眉頭鬆開，這才是最重要的線索，所有不對勁的地方都能解釋了。

「他是當掌櫃的，進貨怎麼可能需要經過家裡人的答應？」譚淵沈聲道：「除非那耳房裡，有清楚妳的本事，甚至是認識妳的人。」

蘇如意不可置信。「你是說，當時周成就在裡面？因為周成知道我沒有撒謊騙人，所以說服孫掌櫃答應與我合作？」

譚淵冷笑一聲。「哪有那麼簡單。妳想想他的身分，再想想他當初逼妳教製傘的事。妳有一身本事，卻不為村裡賺錢，他必然對此極為反感。可他非但沒拆穿妳私自接活的事，還促成這筆生意，為的是什麼？」

蘇如意被弄迷糊了。「那……到底是為什麼啊？」

譚淵摸摸她的亂髮。「睡吧，我來查。」

譚淵的縝密心思和推斷能力總是讓蘇如意自愧弗如，她點點頭，全心信任他。

兩人又在縣裡逗留了七、八日，蘇如意將該教的都教完了，接下來只需做貨品，便準備動身回村了。

蘇如意很捨不得這群繡娘們，朝夕相處，已經有了感情。而且，她還捨不得這裡的飯菜和熱呼呼的浴房。

繡娘們也喜歡毫無脾氣還善良可愛的蘇如意，塞了不少禮物給她，話別半天，還是譚淵不耐煩了，才放蘇如意離開。

譚淵很謹慎，因為吳泰的面容、身材容易被人認出來，怕在村裡碰見周成，執意雇了馬車回村。

大冬天的，一家子都在，齊芳也回來了，大家幫著拿行李下車。

譚星一頭撲進蘇如意懷裡。「二嫂，我想死妳了！」

蘇如意摸了摸她的腦袋。「走，我有帶禮物給妳。」

這麼久沒見，周氏也想兒子，將兩人叫過去說話。「幫縣令大人辦妥差事了？」

譚淵點點頭，拿出一兩銀子。「其他的，我們用掉了。」

這段時日能賺一兩也算多了，周氏笑著收起來，一旁的齊芳驚奇道：「看來吃飯的開銷肯定不少。您看，弟妹的臉色養得可好看多了。」

周氏仔細看了看，果然要比在家的時候盈潤了幾分，氣色白裡透紅，比剛嫁進來的時候還水靈。

蘇如意沒搭理她，拿出一只盒子。「娘，這是我去鋪子裡時看到的，覺得您戴著好看，就買了。」

周氏嘴裡說著。「妳這孩子，怎麼又亂花錢。」卻還是接過來，打開一看，盒子裡躺著一支簪花銀釵。她驚訝地拿出釵子。「怎麼買這麼貴的？多少錢啊？」

其實這釵子是姑娘們做壞的，蘇如意修復好了，還是很好看的。

「您就別問了。快過年了，怎能只戴木簪呢？來，我替您簪上。」

蘇如意很清楚，在這個家裡，只要能哄周氏開心，根本不必把齊芳放在眼裡，那些挑撥離間也起不了作用。

「看看，很襯您。」蘇如意把鏡子遞過去。

周氏捨不得歸捨不得，哪可能真的不喜歡，左看看右看看，嘴角帶著自己都沒察覺的微微笑意。「下次可不許再破費了。對了，這陣子周成來了好幾次，好像有事找你們。等得了空，你們過去一趟吧。」

蘇如意與譚淵對視一眼，笑道：「好。」

回屋後，蘇如意將一堆禮物擺在桌上，對譚星說：「喜歡哪個，自己挑。」

除了在鋪子裡，譚星還沒見過這麼多漂亮的小玩意兒，看花了眼。

「二嫂，這都是妳買的？」

「沒有，幫一間繡樓做了些東西，人家送的。」

譚星都很喜歡，卻沒有多拿，最終選了七巧圖和一只熏香盒。

蘇如意還特地買了一塊香胰子給譚星，平時家裡可是沒人捨得用。

譚星寶貝得不得了，黏著蘇如意。「二嫂對我太好了。」

蘇如意笑著道：「我再教妳幾樣東西，以後也可以送到那家鋪子去賣。」

手工藝本來就是細活，鋪子有好東西賣，肯定不會嫌多。有賺錢的活計，當然先告訴自己人了。

——未完，待續，請看文創風1184《飾飾如意》下

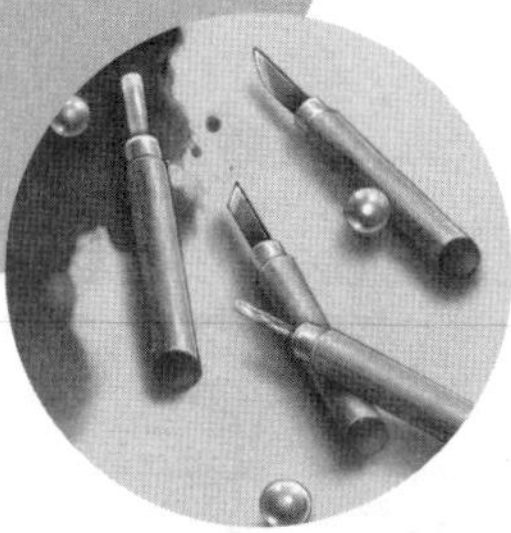

觀雁㊟ 馴夫大吉，妻想事成

8/1
出版

莫名其妙嫁進山村，又被夫君當成抓犯人的誘餌，
她氣得連跟不跟他睡同張床都要考慮了，何況圓房？
哼，想嚼舌根的儘管嚼去。他行不行，可不是她的問題啊～～

文創風 1183-1184《飾飾如意》全二冊

一穿越就捲進騙婚的軒然大波，現成夫君還是縣衙的前任神捕譚淵，
蘇如意的小膽子要嚇爆了，雖然她將功補過，和譚淵一鍋端了那群騙子，
但欠債還錢天經地義，為了向譚家贖回賣身契，她只好努力賺銀子啦。
身為手工網紅，做點小工藝品難不倒她，卻因小姪子的生日禮物出糗——
她打算刻個彈珠檯，搬來木板想請譚淵幫忙鋸，竟不慎手滑而抱住他，
嗚……這下除了騙婚，居然還調戲人家，她簡直想挖個洞把自己埋了。
彈珠檯讓小姪子跟小姑玩得欲罷不能，看樣子手作飾物確實商機無限，
可譚淵不著痕跡的誇獎和曖昧，卻讓同居一室的她莫名心跳起來——
這腹黑傢伙對她到底有什麼企圖？她一點都不想在古代當人妻耶，
等存夠了錢，她就要跟他一拍兩散，包袱款款投奔自由嘍～～

8/8
8/15
出版

琉文心 著

百年修得同船渡，
千年修得共枕眠

他自小受盡母妃的虐待，不給吃喝、動輒打罵都是常態，
最令他痛苦的是，母妃極愛趁他睡著後將他嚇醒，
為此，他即便遠離母妃多年、長大成人了，依然飽受失眠之苦，
可說也奇怪，每每在救命恩人沈家七娘身邊，他都能熟睡到天明，
救命之恩大過天，他無以為報，想來只好以身相許了……

文創風 1185-1188《翻牆覓良人》全四冊

沈文戈乃鎮遠侯府的嫡女，在家中是被父母及六位兄姊疼寵的寶貝，
奈何情竇初開，只一眼就瘋了似地愛上那縱馬奔馳的尚家郎君，
即便家人反對，她依舊毅然決然地嫁入尚家，可還沒洞房他就出征了，
因為愛他，她堂堂將門虎女在夫家被婆婆搓磨、苛待三年都受了，
好不容易盼到他返家，他卻帶回一楚楚可憐的嬌柔女子，要她接納，
於是，她只能獨守空閨，眼睜睜地看著他倆恩愛數年，直至死去，
幸好，上天給了她重生的機會，這回她絕不再活得這般卑屈了！
為了和離，她開創先例將夫家告上官府，一如當初非君不嫁的轟轟烈烈，
大不了不再嫁人，她都死過一次了，還怕壞了名聲這種小事嗎？
自從回娘家後，她養的小貓就老愛翻牆去隔壁鄰居宣王家蹭吃蹭喝，
害得她這個貓主人也不得不三天兩頭地架梯子爬牆找貓去，
結果爬著爬著，她甚至翻過牆去和鄰居交起朋友，一顆心也落在他身上，
後來她才曉得，原來他竟是當年與她前夫一同在戰場上被她救下的小兵，
他的嬤嬤說，他是個別人對他好一點，就恨不得把心都掏出去的人，
所以他對她好，全是為了報恩？還以為他是良人，原來是她自作多情了……

為流浪貓狗加油 和貓寶貝 狗寶貝

廝守終生(一定要終生喔！)的幸福機會

對人來說，貓寶貝狗寶貝只是生活的一部分，但妳（你）對牠們來說，卻是生活的全部，領養前請一定要考慮清楚——

▲ 溫和親人的拳擊小子——咪魯古

性　　別：男生
品　　種：米克斯
年　　紀：1～2歲
個　　性：非常親人
健康狀況：已結紮，已施打第一劑疫苗，愛滋白血快篩陰性
目前住所：台北市士林區（動物醫院）

本期資料來源：郭小姐

第345期推薦寵物情人

『咪魯古』的故事：

志工們執行公費TNR（誘捕、絕育、放回原地）時遇上一枚親人的小朋友，穿著白襪，頸繫白圍兜，嘴角幾點宛若喝完牛奶忘記擦去的奶漬，故取名咪魯古，是日文「牛奶」的意思。

咪魯古當初在山區流浪，有人會餵食，所以個性溫和親人，飲食上不挑嘴，即使是新手爸比媽咪也能輕易與牠培養感情。平日牠最愛玩逗貓棒，據可靠情報指出，若論貓咪們玩逗貓棒的本事，咪魯古絕對有潛力奪下「拳王」寶座，或許也可進一步挑戰金氏世界紀錄認證——被貓生耽誤的拳擊界新星，似乎也不是白日夢呢！

未來的小拳王咪魯古正在摩拳擦掌找家中，歡迎直撥手機0930088892或是加Line ID：ws26651801，經紀人郭小姐將帶領您親身體驗咪魯古的魅力，也可當場小試身手與牠切磋一下，但請小心別被牠一記左上勾拳KO啦！

認養資格：

1. 認養人須年滿27歲（未足歲但有十足自信照顧好者，也可以試試），全家同意養貓，租屋需要室友與房東同意，大台北優先（其他區域有誠意可談）。
2. 不關籠、不遛貓、不放養，必須同意施做門窗防護。
3. 請妥善照護，給予一切必要的醫療。
4. 須同意簽有法律效用的認養寵物切結書，並出示身份證件，領養前會進行家訪。
5. 須同意送養人日後之追蹤探訪，對待咪魯古不離不棄。

來信請說明：

a. 個人基本資料：姓名、性別、年齡、家庭狀況、職業與經濟來源等。
b. 想認養咪魯古的理由。
c. 過去養寵物的經驗，及簡介一下您的飼養環境。
d. 若未來有結婚、懷孕、出國或搬家等計劃，將如何安置咪魯古？

風 文創
1183

飾飾如意 上

國家圖書館出版品預行編目資料

飾飾如意 / 觀雁著. --
初版. -- 臺北市 : 狗屋出版社有限公司, 2023.08
冊 ; 公分. --（文創風 ; 1183-1184）
ISBN 978-986-509-444-7（上冊 : 平裝）. --

857.7　　112011056

著作者	觀雁
編輯	安愉
校對	陳依伶
發行所	狗屋出版社有限公司
地址	台北市104中山區龍江路71巷15號1樓
電話	02-2776-5889～0
發行字號	局版台業字845號
法律顧問	蕭雄淋律師
總經銷	知遠文化事業有限公司
電話	02-2664-8800
初版	2023年8月
國際書碼	ISBN-13　978-986-509-444-7

本著作物由北京晉江原創網絡科技有限公司授權出版

定價280元

狗屋劃撥帳號：19001626

網址：love.doghouse.com.tw　E-mail：love@doghouse.com.tw